Jules Barbey

Du Dandysme et de George Brummell

Essai

 Le code de la propriété intellectuelle du 1er juillet 1992 interdit en effet expressément la photocopie à usage collectif sans autorisation des ayants droit. Or, cette pratique s'est généralisée dans les établissements d'enseignement supérieur, provoquant une baisse brutale des achats de livres et de revues, au point que la possibilité même pour les auteurs de créer des œuvres nouvelles et de les faire éditer correctement est aujourd'hui menacée. En application de la loi du 11 mars 1957, il est interdit de reproduire intégralement ou partiellement le présent ouvrage, sur quelque support que ce soit, sans autorisation de l'Éditeur ou du Centre Français d'Exploitation du Droit de Copie , 20, rue Grands Augustins, 75006 Paris.

ISBN : 978-3-98881-621-4

10 9 8 7 6 5 4 3 2 1

Jules Barbey d'Aurevilly

Du Dandysme
et
de George Brummell

Essai

Table de Matières

Dédicace de l'édition de 1845	6
Dédicace de l'édition de 1861	7
Préface	7
Chapitre I	10
Chapitre II	11
Chapitre III	12
Chapitre IV	13
Chapitre V	14
Chapitre VI	15
Chapitre VII	16
Chapitre VIII	18
Chapitre IX	20
Chapitre X	25
Chapitre XI	33
Chapitre XII	42
Notes	44

Dédicace de l'édition de 1845

À M. César Daly

Pendant que vous voyagez, mon cher Daly, et que le souvenir de vos amis ne sait où vous prendre, voici quelque chose (je n'ose pas dire un livre) qui vous attendra à votre seuil. C'est la statuette d'un homme qui ne mérite guère que d'être représenté en statuette : curiosité de mœurs et d'histoire, bonne à mettre sur l'étagère de votre cabinet de travail.

Brummell n'appartient pas à l'histoire politique de l'Angleterre. Il y a touché par ses liaisons mais il n'y entre pas. Sa place est dans une histoire plus haute, plus générale et plus difficile à écrire — l'histoire des mœurs anglaises -, car l'histoire politique ne contient pas toutes les nuances sociales, or toutes doivent être étudiées. Brummell a été l'expression d'une de ces tendances : autrement son action serait inexplicable. La décrire, la creuser, montrer que cette influence n'était pas seulement à fleur de terre, pourrait être le sujet d'un livre que Beyle (Stendhal) a oublié d'écrire et qui eût tenté Montesquieu. Malheureusement je ne suis ni Montesquieu ni Beyle, ni aigle ni lynx, mais j'ai tâché pourtant de voir clair dans ce que beaucoup de gens, sans doute, n'eussent pas daigné expliquer. Ce que j'ai vu, je vous l'offre, mon cher Daly. Vous qui sentez la grâce comme une femme et comme un artiste, et qui, comme un penseur, vous rendrez compte de son empire, j'aime à vous dédier cette étude sur un homme qui tira sa célébrité de son élégance. Je l'aurais faite sur un homme qui eût tiré la sienne de la force de sa raison, que, grâce à la richesse de vos facultés, j'aurais eu bon air de vous la dédier encore.

Acceptez donc ceci comme une marque d'amitié et un souvenir des jours plus heureux que les jours actuels, où je vous voyais davantage.

Votre dévoué.
J.-A. Barbey d'Aurevilly
Passy, villa Beauséjour,
19 septembre 1844

Dédicace de l'édition de 1861

Mon cher Daly,

Il y dix-sept ans que je vous écrivais :

Eh bien ! mon ami, cette dédicace d'il y a dix-sept ans, je n'en changerai pas un seul mot aujourd'hui, et c'est la première fois que dix-sept ans n'auront rien changé à quelque chose ! Qu'elle reste tout entière ici, comme l'amitié dont elle fut l'expression et qui est restée immuable en nous, sans vide et sans nuage ! Je n'ai pas toujours été aussi heureux qu'avec vous, colonne debout dans mes ruines ! Dix-sept ans ! Vous savez comme ce misérable Tacite, toujours insupportable parce qu'il est vrai toujours, appelle ce long espace de jours, dont il eût peut-être valu mieux se taire, si, dans la tristesse d'avoir vécu, je n'avais pas du moins cette joie, mon cher Daly, de pouvoir dire que je suis identiquement pour vous ce que j'étais il y a déjà tant d'années, et, puisque tout est fatuité en ce livre, de m'y vanter de mes sentiments éternels.

Paris, 29 septembre 1861

Préface

C'est à peine une seconde édition que ce livre. Tiré à quelques exemplaires, il fut donné, il y a plusieurs années, de la main à la main, à quelques personnes, et cette espèce de publicité intime et mystérieuse lui porta bonheur. La grande, qu'on ose aujourd'hui, lui sera-t-elle aussi favorable ?... Le bruit, cette chose légère, est comme les femmes : il vient quand on a l'air de fuir. Dans ce diable de monde, peut-être que le meilleur moyen de se faire du succès serait d'organiser des indiscrétions.

Mais l'auteur n'avait pas tant de profondeur quand il publia cette babiole. Alors, il se préoccupait assez peu de choses et de bruit littéraires. Ah ! bien oui ! il avait d'autres toilettes à faire que celle de sa pensée, et d'autres soucis que d'être lu ! les soucis de ce temps-là, du reste, il s'en moque très bien aujourd'hui, car voilà la vie. N'est-elle pas dans cet échange, qui recommence toujours, d'un souci contre une moquerie ?... L'auteur de Du dandysme et de George Brummell n'était pas un dandy (et la lecture de ce livre montrera suffisamment pourquoi), mais il était à cette époque de la jeunesse qui faisait dire à Lord Byron, avec sa mélancolique ironie : « Quand j'étais un beau aux cheveux bouclés… » et, à ce moment-là, la gloire elle-même ne pèserait pas une de ces boucles ! Il écrivit donc sans prétention d'auteur - il en avait d'autres, soyez tranquille ! le diable n'y perdait rien - ce tout petit livre, uniquement pour se faire plaisir à lui-même et aux trente personnes, ces amis inconnus, dont on n'est pas très sûr, et qu'on ne peut guère, sans fatuité, se vanter d'avoir à Paris. Comme il n'en manquait pas (de fatuité), il crut les avoir, et de fait il les eut. Qu'on lui permette de le dire, car il est devenu modeste, il eut sa trentaine de lecteurs pour sa trentaine d'exemplaires. Ce ne fut pas le Combat, mais la sympathie des Trente !

Si le livre en question avait été sur quelque grande chose ou sur quelque grand homme, pas de doute qu'il n'eût sombré net, avec ses quelques exemplaires, dans ce silence de l'inattention, qui est dû et toujours payé à ce qui est grand par ce qui est petit, mais il était sur un homme frivole et qui avait passé pour le type le plus accompli de la frivolité élégante, dans une société difficile. Or tout le monde, dans le monde, se croit ou veut être élégant… Ceux mêmes qui y ont renoncé veulent au moins s'y connaître, et voilà pourquoi il fut lu. Des sots, que je ne nommerai pas, se vantèrent de l'avoir compris. Moi, j'affirme à mon éditeur qu'ils l'achèteront. Fatuité de partout ! La fatuité, qui a fait le premier succès, fera le second de cette chosette sur la première page de laquelle on a été tenté d'écrire cette impertinence : « D'un fat, par un fat, à des fats » ; car tout fait glace aux fats, et ceci est un miroir pour eux. Beaucoup viendront se regarder là-dedans et y peigner leur moustache, les uns pour s'y reconnaître, et les autres pour s'y faire… Brummell !

Il est vrai que ce sera inutile. On ne se fait pas Brummell. On l'est ou on ne l'est pas. Souverain futile d'un monde futile, Brummell a son droit divin et sa raison d'être comme les autres rois. Seulement, puisqu'on a fait croire dans ces derniers temps à ces badauds de peuples qu'ils étaient souverains, pourquoi les populaces du salon n'auraient-elles pas leurs illusions, comme les populaces de la rue ?

Et d'autant que ce petit livre les en guérira. Elles y verront que Brummell était une individualité des plus rares qui s'était donné uniquement la peine de naître, mais à qui, pour se développer, il fallait encore l'avantage d'une société très aristocratiquement développée. Elles y verront ce qu'il faut de choses... qu'elles n'ont pas, pour être Brummell. L'auteur du Dandysme a essayé de faire le compte de ces choses ; riens tout-puissants par lesquels on ne gouverne pas que des femmes ; mais il savait bien, tout en le faisant, que ce n'était pas un livre de conseils que son livre, et que les Machiavels de l'élégance seraient encore plus niais que les Machiavels de la politique... qui le sont déjà tant ! Il savait enfin qu'il n'y avait là qu'un morcelet d'histoire, un fragment archéologique, bon à mettre, comme une curiosité, sur la toilette d'or des fats de l'avenir - s'ils en ont ; car le Progrès, qui est en train, avec son économie politique et sa division territoriale, de faire de la race humaine une race de pouilleux, ne détruira pas les fats, mais pourrait bien supprimer leurs toilettes à la d'Orsay, comme inégalitaires et scandaleuses.

Dans tous les cas, voici le livre, tel qu'il a été écrit. On n'en a rien modifié, rien effacé. On y a seulement piqué, çà et là, une ou deux notes. La gravité de son temps, qui l'a souvent fait rire, n'a pas assez atteint l'auteur du Dandysme pour qu'il regarde ce petit livre, léger de ton, peut-être (il le voudrait bien, il n'est pas dégoûté !) comme une fredaine de sa jeunesse et pour s'en excuser aujourd'hui. Par exemple ! non. Il serait même bien capable, si on le poussait, de soutenir aux plus hauts encornés parmi messieurs les Graves que son livre est aussi sérieux que tout autre livre d'histoire. En effet, que voit-on ici, à la clarté de cette bluette ?... L'homme et sa vanité, le raffinement social et des influences très réelles, quoique incompréhensibles à la Raison toute seule, cette grande sotte, mais d'autant plus attirantes qu'elles sont plus difficiles à comprendre et à pénétrer. Or, quoi de plus grave que tout cela, même au point de vue supérieur de ceux-là qui se sont le plus détachés et détournés du monde, de ses pompes et de ses œuvres, et qui en ont le plus méprisé le néant ?...

Interrogez-les ! Est-ce qu'à leurs yeux toutes les vanités ne se valent pas, quelque nom qu'elles portent et quelque simagrée qu'elles fassent ? Si le dandysme avait existé de son temps, Pascal, qui fut un dandy comme on peut l'être en France, aurait donc pu en écrire l'histoire avant d'entrer à Port-Royal : Pascal, l'homme au

Préface

carrosse à six chevaux ! Et Rancé, un autre tigre d'austérité, avant de s'enfoncer dans les jungles de sa Trappe, nous aurait peut-être traduit le capitaine Jesse au lieu de nous traduire Anacréon ; car Rancé fut un dandy aussi - un dandy-prêtre, ce qui est plus fort qu'un dandy mathématicien, et voyez l'influence du dandysme ! Dom Gervaise, un religieux grave, qui a écrit la vie de Rancé, nous a laissé une description charmante de ses délicieux costumes, comme s'il avait voulu nous donner le mérite d'une tentation à laquelle on résiste, en nous donnant l'envie atroce de les porter !

Ce qui ne veut pas dire, du reste, que l'auteur présent du Dandysme se croie d'aucune manière Pascal ou Rancé. Il n'a jamais été et ne sera jamais janséniste, et il n'est pas trappiste... encore !

Il est plus difficile de plaire aux gens de sang-froid que d'être aimé de quelques âmes de feu.
(Traité de la princesse)

Chapitre I

Les sentiments ont leur destinée. Il en est contre lequel tout le monde est impitoyable : c'est la vanité. Les moralistes l'ont décriée dans leurs livres, même ceux qui ont le mieux montré quelle large place elle a dans nos âmes. Les gens du monde, qui sont aussi des moralistes à leur façon, puisque vingt fois par jour ils ont à juger la vie, ont répété la sentence portée par les livres contre ce sentiment, à les entendre, le dernier de tous.

On peut opprimer les choses comme les hommes. Cela est-il vrai, que la vanité soit le dernier sentiment dans la hiérarchie des sentiments de notre âme ? Et si elle est le dernier, si elle est à sa place, pourquoi la mépriser ?...

Mais est-elle-même le dernier ? Ce qui fait la valeur des sentiments, c'est leur importance sociale ; quoi donc, dans l'ordre des sentiments, peut-être d'une utilité plus grande pour la société que cette recherche inquiète de l'approbation des autres ; que cette inextinguible soif des applaudissements de la galerie, qui, dans les grandes choses, s'appelle *amour de la gloire*, et dans les petites, *vanité* ? Est-ce l'amour, l'amitié, l'orgueil ? L'amour dans ses mille nuances et ses nombreux dérivés, l'amitié et l'orgueil même partent d'une préférence pour une autre, ou plusieurs autres, ou soi, et cette préférence est exclusive. La vanité, elle, tient compte de tout. Si elle préfère parfois de certaines approbations, c'est son caractère et son honneur de souffrir quand une seule lui est refusée ; elle ne dort plus sur cette rose repliée. L'amour dit à l'être : tu es mon univers ; l'amitié : tu me suffis, et bien souvent : tu me consoles. Quant à l'orgueil, il est silencieux. Un homme d'un esprit éclatant disait : « C'est un roi solitaire, oisif et aveugle ; son diadème est sur ses yeux. » La vanité a un univers moins étroit que celui de l'amour ; ce qui suffit à l'amitié n'est pas assez pour elle. C'est une reine aussi comme l'orgueil est roi ; mais elle est entourée, occupée, clairvoyante, et son diadème est placé là où il l'embellit davantage.

Il fallait bien dire cela avant de parler du dandysme, fruit de cette vanité qu'on a trop flétrie, et du grand vaniteux George Brummell.

Chapitre II

Quand la vanité est satisfaite et qu'elle le montre, elle devient de la fatuité. C'est le nom assez impertinent que les hypocrites de modestie - c'est-à-dire tout le monde - ont inventé par peur des sentiments vrais. Ainsi, ce serait une erreur que de croire, comme on le croit peut-être, que la fatuité est exclusivement de la vanité montrée dans nos relations avec les femmes.

Non, il y a des fats de tout genre : il y en a de naissance, d'ambition, de fortune, de science ; Tufière en est un, Turcaret un autre ; mais, comme les femmes occupent beaucoup en France, on a surtout donné le nom de fatuité à la vanité de ceux qui leur plaisent et qui se croient irrésistibles. Seulement, cette fatuité, commune à tous les peuples chez qui la femme est quelque chose, n'est point cette autre espèce qui, sous le nom de *dandysme*, cherche depuis quelques temps à s'acclimater à Paris. L'une est la forme de la vanité humaine, universelle ; l'autre, d'une vanité particulière et très particulière : de la vanité anglaise. Comme tout ce qui est universel, humain, a son nom dans la langue de Voltaire ; ce qui ne l'est pas, on est obligé de l'y mettre, et voilà pourquoi le mot *dandysme* n'est pas français.

Il restera étranger comme la chose qu'il exprime. Nous avons beau réfléchir toutes les couleurs : le caméléon ne peut réfléchir le blanc, et le blanc pour les peuples c'est la force même de leur originalité. Nous posséderions plus grand encore le pouvoir d'assimilation qui nous distingue, que ce don de Dieu ne maîtriserait pas cet autre don, cette autre puissance - le pouvoir d'être soi - qui constitue la personne même, l'essence d'un peuple. Eh bien ! c'est la force de l'originalité anglaise, s'imprimant sur la vanité humaine - *cette vanité ancrée jusqu'au cœur des marmitons* et contre laquelle le mépris de Pascal n'était qu'une aveugle insolence - qui produit ce qu'on appelle le dandysme. Nul moyen de partager cela avec l'Angleterre. C'est profond comme son génie même. Singerie n'est pas ressemblance. On peut prendre un air ou une pose comme on vole la forme d'un frac ; mais la comédie est fatigante ; mais un masque est cruel, effroyable à porter, même pour les gens à caractère qui seraient les Fiesque du dandysme, s'il le fallait, à plus forte raison pour nos aimables jeunes gens. L'ennui qu'ils respirent et inspirent ne leur donne qu'un faux reflet du dandysme. Qu'ils prennent l'air dégoûté, s'ils veulent, et se gantent de blanc jusqu'au coude, le pays de Richelieu ne produira pas de Brummell.

Chapitre III

Ces deux fats célèbres peuvent se ressembler par la vanité humaine, universelle ; mais ils diffèrent de toute la physiologie d'une race, de tout le génie d'une société. L'un appartenait à cette race nervo-sanguine de France, qui va jusqu'aux dernières limites dans la foudre de ses élans ; l'autre descendait de ces hommes du Nord, lymphatiques et pâles ; froids, comme la mer dont ils sont les fils, mais irascibles comme elle, et qui aiment à réchauffer leur sang glacé avec la flamme des alcools (*high-spirits*). Quoique de tempérament opposé, ils avaient tous les deux une grande force de vanité, et naturellement ils la prirent pour le mobile de leurs actions. Sur ce point, ils bravent également le reproche des moralistes qui condamnent la vanité au lieu de la classer et de l'absoudre. A-t-on lieu de s'en étonner quand on pense au sentiment dont il est question, écrasé depuis dix-huit cents ans sous l'idée chrétienne du mépris du monde, qui règne encore dans les esprits les moins chrétiens ? Et d'ailleurs les gens d'esprit ne gardent-ils presque pas tous dans la pensée quelque préjugé au pied duquel ils font pénitence de l'esprit qu'ils ont ? C'est ce qui explique le mal que les hommes qui se croient sérieux, parce qu'ils ne savent pas sourire, ne manqueront point de dire de Brummell. C'est ce qui explique, plus encore que l'esprit de parti, les cruautés de Chamfort contre Richelieu. Il l'a attaqué avec son esprit incisif, brillant et venimeux, comme on perce avec un stylet le cristal empoisonné. En cela, Chamfort, tout athée qu'il fût, a porté le joug de l'idée chrétienne et, vaniteux lui-même, il n'a pas su pardonner, au sentiment dont il souffrait, de donner du bonheur aux autres.

Car Richelieu, comme Brummell - plus même que Brummell -, eut tous les genres de gloire et de plaisir que l'opinion peut créer. Tous les deux, en obéissant aux instincts de leur vanité (apprenons à dire ce mot sans horreur) comme on obéit aux instincts de son ambition, de son amour, etc., ils réussirent ; mais l'analogie s'arrête là. Ce n'était pas assez que de différer par le tempérament ; la société dont ils dépendent apparaît en eux et, de nouveau, les fait contraster. Pour Richelieu, cette société avait brisé tous ses freins, dans sa soif implacable d'amusements ; pour Brummell, elle mâchait les siens avec ennui. Pour le premier, elle était dissolue ; pour le second, hypocrite. C'est dans cette double disposition que se trouve surtout la différence qu'il y a entre la fatuité de Richelieu et le dandysme de Brummell.

Chapitre IV

En effet, il ne fut qu'un dandy. Avant d'être le genre de fat que son nom représente, Richelieu, lui, était un grand seigneur dans une aristocratie expirante. Il était général dans un pays militaire. Il était beau à une époque où les sens révoltés partageaient fièrement l'empire avec la pensée et où les mœurs du temps ne défendaient pas ce qui plaisait. En dehors de ce que fut Richelieu, on peut concevoir Richelieu encore. Il avait pour lui toutes les forces de la vie. Mais ôtez le dandy, que reste-t-il de Brummell ? Il n'était propre à rien de plus, mais aussi rien de moins que le plus grand dandy de sont temps et de tous les temps. Il le fut exactement, purement ; on dirait presque, naïvement, si l'on osait. Dans le pêle-mêle social qu'on appelle une société par politesse, presque toujours la destinée est plus grande que les facultés, ou les facultés supérieures à la destinée. Mais pour lui, pour Brummell, chose rare, il y eut accord entre la nature et le destin, entre le génie et la fortune. Plus spirituel ou plus passionné, c'était Sheridan ; plus grand poète (car il fut poète), c'était lord Byron ; plus grand seigneur, c'était lord Yarmouth ou Byron encore : Yarmouth, Byron, Sheridan, et tant d'autres de cette époque, fameux dans tous les genres de gloire, qui furent dandy, mais quelque chose de plus. Brummell n'eut point ce quelque chose qui était, chez les uns, de la passion ou du génie, chez les autres une haute naissance, une immense fortune. Il gagna à cette indigence, car, réduit à la seule force de ce qui le distingua, il s'éleva au rang d'une chose : il fut le dandysme même.

Chapitre V

Ceci est presque aussi difficile à décrire qu'à définir. Les esprits qui ne voient les choses que par leur plus petit côté ont imaginé que le dandysme était surtout l'art de la mise, une heureuse et audacieuse dictature en fait de toilette et d'élégance extérieure. Très certainement c'est cela aussi ; mais c'est bien davantage.[1] Le dandysme est toute une manière d'être, et l'on n'est que par le côté matériellement visible. C'est une manière d'être, entièrement composée de nuances, comme il arrive toujours dans les sociétés très vieilles et très civilisées, où la comédie devient si rare et où la convenance triomphe à peine de l'ennui.

Nulle part l'antagonisme des convenances et de l'ennui qu'elles engendrent ne s'est fait plus violemment sentir au fond des mœurs qu'en Angleterre, dans la société de la Bible et du Droit, et peut-être est-ce de ce combat à outrance, éternel, comme le duel de la Mort et du Péché dans Milton, qu'est venue l'originalité profonde de cette société puritaine, qui donne dans la fiction Clarisse Harlowe, et lady Byron dans la réalité[2]. Le jour où la victoire sera décidée, il est à penser que la manière d'être qu'on appelle dandysme sera grandement modifiée, si elle existe encore ; car elle résulte de cet état de lutte sans fin entre la convenance et l'ennui[3].

Ainsi, une des conséquences du dandysme, un de ses principaux caractères - pour mieux parler, son caractère le plus général -, est-il de produire toujours de l'imprévu, ce à quoi l'esprit accoutumé au joug des règles ne peut pas s'attendre en bonne logique. L'excentricité, cet autre fruit du terroir anglais, le produit aussi, mais d'une autre manière, d'une façon effrénée, sauvage, aveugle. C'est une révolution individuelle contre l'ordre établi, quelquefois contre la nature : ici on touche à la folie. Le dandysme, au contraire, se joue de la règle et pourtant la respecte encore. Il en souffre et s'en venge tout en la subissant ; il s'en réclame quand il y échappe ; il la domine et en est dominé tour à tour : double et muable caractère ! Pour jouer ce jeu, il faut avoir à son service toutes les souplesses qui font la grâce, comme les nuances du prisme forment l'opale, en se réunissant.

C'était là ce qu'avait Brummell. Il avait la grâce comme le ciel la donne et comme souvent les compressions sociales la faussent. Mais enfin il l'avait, et par-là il répondait aux besoins de caprice des sociétés ennuyées et trop durement ployées sous les strictes rigueurs de la convenance. Il était la preuve de cette vérité qu'il faut redire sans cesse aux hommes de la règle : c'est que si l'on coupe les ailes de la Fantaisie, elles repoussent plus longues de moitié[4]. Il avait cette familiarité charmante et rare qui touche à tout et ne profane rien. Il vécut de pair à compagnon avec toutes les puissances, toutes les supériorités de son époque et, par l'aisance, il s'éleva jusqu'à leur niveau. Où de plus habiles se seraient perdus, il se sauvait. Son audace était de la justesse. Il pouvait toucher impunément à la hache. On a dit pourtant que cette hache, dont il avait tant de fois défié le tranchant, le coupa enfin ; qu'il intéressa à sa perte la vanité d'un dandy comme lui, S.M. George IV ; mais son empire avait été si grand que, s'il avait voulu, il l'eût repris.

Chapitre VI

Sa vie tout entière fut une influence, c'est-à-dire ce qui ne peut guère se raconter. On la sent tout le temps qu'elle dure, et quand elle n'est plus, on en peut signaler les résultats ; mais si ces résultats sont de la même nature que l'influence qui les créa, et s'ils n'ont pas plus de durée, l'histoire en devient impossible. On retrouve Herculanum sous la cendre ; mais quelques années sur les mœurs d'une société l'ensevelissent mieux que toute la poussière des volcans. Les Mémoires, histoire de ces mœurs, ne sont eux-mêmes que des à-peu-près[5]. On ne retrouvera donc pas, comme il le faudrait, détaillée et nette, sinon vivante, la société anglaise du temps de Brummell. On ne suivra donc jamais, dans son ondoyante étendue et sa portée, l'action de Brummell sur ses contemporains. Le mot de Byron, qui disait aimer mieux être Brummell que l'empereur Napoléon, paraîtra toujours une affectation ridicule ou une ironie. Le vrai sens d'un pareil mot est perdu.

Seulement, au lieu d'insulter l'auteur de *Childe Harold*, comprenons-le plutôt quand il exprimait son audacieuse préférence. Poète, homme de fantaisie, il était frappé, parce qu'il pouvait en juger, de l'empire de Brummell sur la fantaisie d'une société hypocrite et lasse de son hypocrisie. Il y avait là un fait de toute-puissance individuelle, qui devait plus convenir à la nature de son capricieux génie que tout autre fait d'omnipotence, quel qu'il fût.

Chapitre VII

C'est pourtant avec des mots semblables à celui de Byron que l'histoire de Brummell sera écrite et, comme par une singulière mystification de la destinée, ce sont de tels mots qui la rendent indéchiffrable. L'admiration ne se justifiant point par des faits qui ont péri tout entiers, parce que, de leur nature, ils étaient éphémères, l'autorité du plus grand nom, l'hommage du plus entraînant génie rendront l'énigme plus obscure. En effet, ce qui reste le moins de toute société, la partie des mœurs qui ne laisse pas de débris, l'arôme trop subtil pour qu'il se conserve, ce sont les manières, les intransmissibles manières[6], par lesquelles Brummell fut un prince de son temps. Semblable à l'orateur, au grand comédien, au causeur, à tous ces esprits qui parlent au corps par le corps, comme disait Buffon, Brummell n'a qu'un nom, qui brille d'un reflet mystérieux dans tous les Mémoires de son époque. On y explique mal la place qu'il y tient ; mais on la voit, et ce vaut la peine qu'on y pense. Quant à l'étude présente, détaillée, du portrait qui reste à faire, nul homme jusqu'ici n'en a affronté la lutte douloureuse ; nul penseur n'a cherché à se rendre compte, gravement, sévèrement, de cette influence qui répond à une loi ou à un travers, c'est-à-dire à la déviation d'une loi - à une loi encore. Pour cela les esprits profonds n'avaient pas assez de finesse ; les esprits fins, de profondeur.

Plusieurs ont essayé, nonobstant. Du vivant même de Brummell, deux plumes célèbres, mais taillées trop fins, trempées d'encre de Chine trop musquée, jetèrent sur un papier bleuâtre, à tranches d'argent, quelques traits faciles à travers lesquels on vit Brummell. C'était charmant de légèreté spirituelle et de pénétration négligente. Ce fut Pelham, ce fut Granby. Ce fut Brummell aussi jusqu'à un certain point, puisqu'on y dogmatisait sur le dandysme : mais l'intention avait-elle été de le peindre, sinon dans les faits de sa vie, au moins dans les réalités de son être et les possibilités du roman ? Pour Pelham, ce n'est pas bien sûr. Pour Granby, on le croirait davantage : le portrait de Trebeck semble avoir été fait sur le vif ; on n'invente pas ces nuances étranges, mi-nature et mi-société, et l'on sent que la présence réelle a dû vivifier le coup de pinceau qui les retrace.

Mais, à cela près du roman de Lister, où Brummell, s'il fallait l'y chercher, se retrouverait bien mieux que dans le Pelham de M. Bulwer, il n'y a point de livre, en Angleterre, qui montre Brummell comme il fut, et qui explique un peu nettement la puissance de son personnage. Récemment, il est vrai, un homme distingué[7] a publié deux volumes dans lesquels il a réuni avec une patience d'ange curieux tous les faits connus de la vie de Brummell. Pourquoi faut-il que tant d'efforts et de sollicitudes n'aient abouti qu'à une chronique timorée, sans le dessous de cartes de l'histoire ? C'est l'explication historique qui manque à Brummell. Il a encore des admirateurs comme l'épigrammatique Cecil, des curieux comme M. Jesse, des ennemis... on ne cite personne. Mais, parmi ses contemporains restés debout, parmi les pédants de tous les âges, honnêtes gens qui ont à l'esprit les deux bras gauches que Rivarol donnait à toutes les Anglaises, il en est qui s'indignent de bonne foi contre l'éclat attaché au nom de Brummell : lourdauds de moralité grave, cette gloire de la frivolité les insulte. Seul l'historien, c'est-à-dire le juge - le juge sans enthousiasme et sans haine - n'a point encore paru pour le grand dandy, et chaque jour qui passe est un

Chapitre VII

empêchement pour qu'il naisse. On a dit pourquoi. S'il ne vient pas, la gloire aura été pour Brummell un miroir de plus. Vivant, elle l'aura réfléchi dans l'étincelante pureté de sa fragile surface ; mais - comme les miroirs, quand il n'y a plus là personne - mort, elle n'en aura rien gardé.

Chapitre VIII

Le dandysme n'étant pas l'invention d'un homme, mais la conséquence d'un certain état de société qui existait avant Brummell, il serait peut-être convenable d'en constater la présence dans l'histoire des mœurs anglaises et d'en préciser l'origine. Tout porte à penser que cette origine est française. La grâce est entrée en Angleterre, à la restauration de Charles II, sur le bras de la corruption qui se disait sa sœur alors et qui quelquefois l'a fait croire. Elle vint attaquer avec la moquerie le sérieux terrible et imperturbable des Puritains de Cromwell. Les mœurs, toujours profondes dans la Grande-Bretagne - quelle que soit leur tendance, bonne ou mauvaise -, exagéraient la sévérité. Il fallait bien pour respirer se soustraire à leur empire, déboucler ce lourd ceinturon, et les courtisans de Charles II, qui avaient bu, dans les verres à champagne de France, un lotus qui faisait oublier les sombres et religieuses habitudes de la patrie, tracèrent la tangente par laquelle on put échapper. Beaucoup par-là se précipitèrent. « Les disciples mêmes eurent bientôt dépassé leurs anciens maîtres ; et, comme l'a dit un écrivain avec une piquante exactitude[8], leur bonne volonté d'être corrompus était si bonne, que les Rochester et les Shaftesbury enjambèrent d'un siècle sur les mœurs françaises de leur temps et sautèrent jusqu'à la Régence. » On ne parle ni de Buckingham, ni d'Hamilton, ni de Charles II lui-même, ni de tous ceux chez qui les souvenirs de l'exil furent plus puissants que les impressions du retour. On a plutôt en vue ceux-là qui, restés Anglais, furent atteints de plus loin par le souffle étranger, et qui ouvrirent le règne des *Beaux*, comme sir Georges Hevett ; Wilson, tué, dit-on, par Law, dans un duel, et Fielding dont la beauté arrêta le regard sceptique de l'insouciant Charles II, et qui, après avoir épousé la fameuse duchesse de Cleveland, renouvela les scènes de Lauzun avec la Grande Mademoiselle. Ainsi qu'on le voit, le nom même qu'ils portèrent accuse l'influence française. Leur grâce aussi était comme leur nom. Elle n'était pas assez indigène, assez mêlée à cette originalité du peuple au milieu duquel naquit Shakespeare, à cette force intime qui devrait plus tard la pénétrer. Qu'on ne s'y méprenne pas, les *Beaux* ne sont pas les dandys : ils les précèdent. Déjà le dandysme, il est vrai, s'agite sous ces surfaces ; mais il ne paraît point encore. C'est du fond de la société anglaise qu'il doit sortir. Fielding meurt en 1712. Après lui, le colonel Edgeworth, vanté par Steele (un *Beau* aussi dans sa jeunesse), continue la chaîne d'or ouvragé des *Beaux*, qui se ferme à Nash, pour se rouvrir à Brummell, mais avec le dandysme en plus.

Car s'il est né plus tôt, c'est dans l'intervalle qui sépare Fielding de Nash que le dandysme a pris son développement et sa forme. Pour son nom (don la racine est peut-être française encore), il ne l'eut que tard. On ne le trouve pas dans Johnson. Mais quant à la chose qu'il signifie, elle existait et, comme cela devait être, dans les personnalités les plus hautes. En effet, la valeur des hommes étant toujours en vertu du nombre des facultés qu'ils ont, et le dandysme représentant justement celles qui n'avaient pas leur place dans les mœurs, tout homme supérieur dut se teindre et se teignit plus ou moins de dandysme. Ainsi Marlborough, Chesterfield, Bolingbroke, Bolingbroke surtout ; car Chesterfield qui avait fait dans ses *Lettres* le traité du *Gentleman*, comme Machiavel a fait le traité du *Prince*, moins en inventant la règle qu'en racontant la coutume, Chesterfield est bien attaché encore à l'opinion admise ; et Marlborough, avec sa beauté de femme orgueilleuse, est plus cupide que vaniteux. Bolingbroke seul est avancé, complet un vrai dandy des derniers temps. Il en a la hardiesse dans la conduite, l'impertinence somptueuse, la préoccupation de l'effet extérieur, et la vanité incessamment présente. On se rappelle qu'il fut jaloux de Harley, assassiné par Guiscard, et qu'il disait, pour se consoler, que l'assassin avait sans doute pris un ministre pour un autre. Rompant avec les pruderies des salons de Londres, ne l'avait-on pas vu - chose horrible à penser ! - afficher l'amour le plus naturel pour une marchande d'oranges, qui peut-être n'était pas jolie, et qui se tenait sous les galeries du Parlement[9] ? Enfin, il inventa la devise même du dandysme, le *Nil mirari* de ces hommes - dieux au petit pied - qui veulent toujours produire la surprise en gardant

Chapitre VIII

l'impassibilité[10]. Plus qu'à personne d'ailleurs le dandysme seyait à Bolingbroke. N'était-ce pas de la libre pensée en fait de manières et de convenances du monde, de même que la philosophie en était en matière de morale et de religion ? Comme les philosophes qui dressaient devant la loi une obligation supérieure, les dandys, de leur autorité privée, posent une règle au-dessus de celle qui régit les cercles les plus aristocratiques, les plus attachés à la tradition[11], et par la plaisanterie qui est un acide, et par la grâce qui est un fondant, ils parviennent à faire admettre cette règle mobile qui n'est, en fin de compte, que l'audace de leur propre personnalité. Un tel résultat est curieux et tient à la nature des choses. Les sociétés ont beau se tenir ferme, les aristocraties se fermer à tout ce qui n'est pas de l'opinion reçue, le Caprice se soulève un jour et pousse à travers ces classements qui paraissaient impénétrables, mais qui étaient minés par l'ennui. C'est ainsi que, d'une part, la Frivolité[12] chez un peuple d'une tenue rigide et d'un militarisme grossier, de l'autre, l'Imagination réclamant son droit à la face d'une loi morale trop étroite pour être vraie, produisirent un genre de traduction, une science de manières et d'attitudes, impossibles ailleurs, dont Brummell fut l'expression achevée et qu'on n'égalera jamais plus. On verra pourquoi.

Chapitre IX

George Bryan Brummell est né à Westminster, de W. Brummell, esquire, secrétaire privé de ce lord North, dandy aussi à certaines heures, qui dormait de mépris sur son banc de ministre aux plus virulentes attaques des orateurs de l'opposition. North fit la fortune de W. Brummell, homme d'ordre et de capacité active. Les pamphlétaires qui crient à la corruption, en espérant qu'on les corrompra, ont appelé lord North le dieu des appointements (*the god of emoluments*). Mais toujours est-il vrai de dire qu'en payant Brummell, il récompensait des services. Après la chute du ministère de son bienfaiteur, M. Brummell devint haut shérif dans le Berkshire. Il habita près de Domington Castle, lieu célèbre pour avoir été la résidence de Chaucer, et là il vécut avec cette hospitalité opulente dont les Anglais, seuls dans le monde, ont le sentiment et la puissance. Il avait conservé de grandes relations.

Entre autres célébrités contemporaines, il recevait beaucoup Fox et Sheridan. Une des premières impressions du futur dandy fut donc de sentir le souffle de ces hommes forts et charmants sur sa tête. Ils furent comme les fées qui le douèrent ; mais ils ne lui donnèrent que la moitié de leurs forces, les plus éphémères de leurs facultés. Nul doute qu'en voyant, qu'en entendant ces esprits, la gloire de la pensée humaine, qui menaient la causerie comme le discours politique, et dont la plaisanterie valait l'éloquence, le jeune Brummell n'ait développé les facultés qui étaient en lui et qui l'ont rendu plus tard (pour se servir du mot employé par les Anglais) un des premiers conversationnistes de l'Angleterre. Quand son père mourut, il avait seize ans (1794). On l'avait, en 1790, envoyé à Eton, et déjà il s'était distingué - en dehors du cercle des études - par ce qui le caractérisa si éminemment plus tard. Le soin de sa mise et les langueurs froides de ses manières lui firent donner par ses condisciples un nom fort en vogue alors, car le nom de dandy n'était pas encore à la mode, et les despotes de l'élégance s'appelaient *Bucks* ou *Macaronies*. On le surnomma *Buck Brummell*[13]. Nul, du témoignage de ses contemporains, n'exerça plus d'influence que lui sur ses compagnons à Eton, excepté peut-être George Canning, mais l'influence de Canning était la conséquence de son ardeur de tête et de cœur, tandis que celle de Brummell venait de facultés moins enivrantes. Il justifiait le mot de Machiavel : « Le monde appartient aux esprits froids. » D'Eton il alla à Oxford, où il eut le genre de succès auquel il était destiné. Il y plut par les côtés les plus extérieurs de l'esprit : sa supériorité à lui ne se marquant pas dans les laborieuses recherches de la pensée, mais dans les relations de la vie. En sortant d'Oxford, trois mois après la mort de son père, il entra comme cornette dans le 10e de hussards, commandé par le prince de Galles.

On s'est beaucoup efforcé pour expliquer le goût si vif que Brummell inspira soudainement à ce prince. On a raconté des anecdotes qui ne méritent pas qu'on les cite. Qu'a-t-on besoin de ces commérages ? Il y a mieux. En effet, Brummell donné, il était impossible qu'il n'attirât pas l'attention et les sympathies de l'homme qui, disait-on, était plus fier et plus heureux de la distinction de ses manières que de l'élévation de son rang. On sait d'ailleurs l'éclat de cette jeunesse qu'il essaya d'éterniser. À cette époque, le prince de Galles avait trente-deux ans. Beau de la beauté lymphatique et figée de la maison de Hanovre, mais cherchant à l'animer par la parure, à la vivifier par le rayon de feu du diamant ; scrofuleux d'âme comme de corps, mais n'ayant pas du moins dégradé la grâce en lui, cette dernière vertu des courtisans, celui qui fut George IV reconnut en Brummell une portion de lui-même, la partie restée saine et lumineuse, et voilà le secret de la faveur qu'il lui montra ! Ce fut simple comme une conquête de femme. N'y a-t-il pas des amitiés qui prennent leur source dans les choses du corps, dans la grâce extérieure, comme des amours qui viennent de l'âme, du charme immatériel et secret ?... Telle fut l'amitié du prince de Galles pour le jeune cornette de hussards : sentiment qui était de la sensation encore, le seul peut-être qui pût germer au fond de cette âme obèse, dans laquelle le corps remontait.

Ainsi, l'inconstante faveur que lord Barrymore, G. Hanger, et tant d'autres effeuillèrent à leur tour tomba sur la tête de Brummell avec tout l'imprévu du caprice et la furie de l'engouement. Sa présentation eut lieu sur la fameuse terrasse de Windsor, en présence de la fashion la plus exigeante. Il y déploya tout ce que le prince de Galles devait estimer le plus parmi les choses humaines : une grande jeunesse relevée par l'aplomb d'un homme qui aurait su la vie et qui pouvait la dominer, le plus fin et hardi mélange d'impertinence et de respect, enfin le génie de la mise, protégé par une répartie toujours spirituelle. Certes, il y avait, dans l'enlèvement d'un tel succès, autre chose que de l'extravagance des deux côtés. Le mot *extravagance* est employé par les moralistes déroutés comme le mot *nerfs* par les médecins. À dater de ce moment, il se trouva classé très haut dans l'opinion. On le vit de préférence aux plus nobles noms de l'Angleterre, lui, le fils d'un simple esquire, du secrétaire privé dont le grand-père avait été marchand, remplir les fonctions de *chevalier d'honneur* de l'héritier présomptif, lors de son mariage avec Caroline de Brunswick. Tant de distinction groupa immédiatement autour de lui, sur le pied de la familiarité la plus flatteuse, l'aristocratie des salons : lors R.E. Somerset, lord Petersham[14], Charles Ker, Charles et Robert Manners. Jusque-là, rien d'étonnant : il n'était qu'heureux. Il était né, comme disent les Anglais, avec une cuiller d'argent dans la bouche. Il avait pour lui ce quelque chose d'incompréhensible que nous appelons *notre étoile*, et qui décide de la vie sans raison ni justice ; mais ce qui surprend davantage, ce qui signifie son bonheur, c'est qu'il le fixa. Enfant gâté de la fortune, il le devint de la société. Byron parle quelque part d'un portrait de Napoléon dans son manteau impérial, et il ajoute : « Il semblait qu'il y fût éclos. » On en pût dire autant de Brummell et de ce frac célèbre qu'il inventa. Il commença son règne sans trouble, sans hésitation, avec une confiance qui est une conscience. Tout concourut à son étrange pouvoir et personne ne s'y opposa. Là où les relations valent plus que le mérite et où les hommes, pour que chacun d'eux puisse seulement exister, doivent se tenir comme des crustacés, Brummell avait pour lui, encore plus comme admirateurs que comme rivaux, les ducs d'York et de Cambridge, les comtes de Westmoreland et de Chatham (le frère de William Pitt), le duc de Rutland, lord Delamere, politiquement et socialement ce qu'il y avait de plus élevé. Les femmes, qui sont, comme les prêtres, toujours du côté de la force, sonnèrent, de leurs lèvres vermeilles, les fanfares de leurs admirations. Elles furent les trompettes de sa gloire ; mais elles restèrent trompettes, car c'est ici l'originalité de Brummell. C'est ici qu'il diffère essentiellement de Richelieu et de presque tous les hommes organisés pour séduire. Il n'était pas ce que le monde appelle libertin. Richelieu, lui, imita trop ces conquérants tartares qui se faisaient un lit avec des femmes entrelacées. Brummell n'eut point de ces butins et de ces trophées de victoire ; sa vanité ne trempait pas dans un sang brûlant. Les sirènes, filles de la mer, à la voix irrésistible, avaient les flancs couverts d'écailles impénétrables, d'autant plus charmantes, hélas ! qu'elles étaient plus dangereuses !

Et sa vanité n'y perdit pas : au contraire. Elle ne se rencontrait jamais en collision avec une autre passion qui la heurtait, qui lui faisait équilibre : elle régnait seule, elle était plus forte[15]. Aimer, même dans le sens le moins élevé de ce mot, désirer, c'est toujours dépendre, c'est être esclave de son désir. Les bras le plus tendrement fermés sur vous sont encore une chaîne, et si l'on est Richelieu - et serait-on don Juan lui-même -, quand on les brise, ces bras si tendres, de la chaîne qu'on porte on ne brise jamais qu'un anneau. Voilà l'esclavage auquel Brummell échappa. Ses triomphes eurent l'insolence du désintéressement. Il n'avait jamais le vertige des têtes qu'il tournait. Dans un pays comme l'Angleterre, où l'orgueil

Chapitre IX

et la lâcheté réunis font de la pruderie pour de la pudeur, il fut piquant de voir un homme, et un homme si jeune, qui résumait en lui toutes les séductions de convention et toutes les séductions naturelles, punir les femmes de leurs prétentions sans bonne foi, et s'arrêter avec elles à la limite de la galanterie, qu'elles n'ont pas mise là pour qu'on la respecte. C'était pourtant ainsi qu'agissait Brummell, sans aucun calcul et sans le moindre effort. Pour qui connaît les femmes, cela doublait sa puissance : parmi ces ladys altières, il blessait l'orgueil romanesque, et faisait rêver l'orgueil corrompu.

Roi de la mode, il n'eut donc point de maîtresse en titre. Plus habilement dandy que le prince de Galles, il ne se donna point de Mme de Fitz-Herbert. Il fut un sultan sans mouchoir. Nulle illusion de cœur, nul soulèvement des sens n'influa, pour les énerver ou les suspendre, sur les arrêts qu'il portait. Aussi étaient-ils souverains. Que ce fût un éloge ou un blâme, un mot de George Bryan Brummell était tout alors. Il était l'autocrate de l'opinion. En Italie, si, par hypothèse, un pareil homme, un pareil pouvoir étaient possibles, quelle femme bien éprise y penserait ! Mais en Angleterre, la plus follement amoureuse, en posant une fleur ou en essayant une parure, songeait bien plus au jugement de Brummell qu'au plaisir de son amant. Une duchesse (et l'on sait ce qu'un titre permet de hauteur dans les salons de Londres) disait en plein bal à sa fille, au risque d'être entendue, de veiller avec soin sur son attitude, ses gestes, ses réponses, si par hasard M. Brummell daignait lui parler ; car à cette première phase de sa vie il se mêlait encore à la foule des danseurs dans ces bals où les mains les plus belles restaient oisives en attendant la sienne. Plus tard, enivré de la position exceptionnelle qu'il s'était faite, il renonça à ce rôle de danseur, trop vulgaire pour lui. Il restait seulement quelques minutes à l'entrée d'un bal ; il le parcourait d'un regard, le jugeait d'un mot, et disparaissait, appliquant ainsi le fameux principe du dandysme : « Dans le monde, tout le temps que vous n'avez pas produit d'effet, restez : si l'effet est produit, allez-vous-en. » Il connaissait son foudroyant prestige. Pour lui, l'effet n'était plus une question de temps.

Avec cet éclat dans sa vie, cette souveraineté sur l'opinion, cette grande jeunesse qui augmente la gloire et cet aspect charmant et cruel que les femmes maudissent et adorent, pas de doute qu'il n'ait inspiré bien des passions en sens contraire - des amours profondes, d'inexorables haines ; mais rien de cela n'a transpiré[16].

Le *cant* a étouffé le cri des âmes, s'il en fût qui aient osé crier. En Angleterre, la convenance qui châtre les cœurs s'oppose un peu à l'existence des Mlle de Lespinasse qui voudraient naître ; et quant à une Caroline Lamb, Brummell n'en eut point, par la raison que les femmes sont plus sensibles à la trahison qu'à l'indifférence. Une seule, à notre connaissance, a laissé sur Brummell de ces mots qui cachent la passion et qui la révèlent, c'est la courtisane Henriette Wilson : chose naturelle, elle était jalouse non du cœur de Brummell, mais de sa gloire. Les qualités d'où le dandy tirait sa puissance étaient de celles qui eussent fait la fortune de la courtisane. Et d'ailleurs - sans être des Henriette Wilson -, les femmes s'entendent si bien aux réserves en faveur de leur sexe ! Elles ont le génie des mathématiques, comme les hommes, et tous les génies, et elles ne passent pas à Sheridan, malgré le sien, l'impertinence d'avoir fait sculpter sa main comme la plus belle de l'Angleterre.

Chapitre X

Quoique Alcibiade ait été le plus joli des généraux, George Bryan Brummell n'avait pas l'esprit militaire. Il ne resta pas longtemps dans le 10e hussards. Il y était entré peut-être dans un but plus sérieux qu'on n'a cru - pour se rapprocher du prince de Galles et nouer les relations qui le mirent vite en relief. On a dit, avec assez de mépris, que l'uniforme dut exercer une fascination irrésistible sur la tête de Brummell. C'était expliquer le dandy avec des sensations de sous-lieutenant. Un dandy qui marque tout de son cachet, qui n'existe pas en-dehors d'une *certaine exquise originalité* (lord Byron)[17], doit nécessairement haïr l'uniforme. Du reste, et pour des choses plus graves que cette question de costume, c'est dans la donnée des facultés de Brummell d'être mal jugé, son influence morte. Quand il vivait, les plus récalcitrants la subissaient ; mais, à présent, c'est de la psychologie difficile à faire, avec les préjugés dominants, que l'analyse d'un tel personnage. Les femmes ne lui pardonneront jamais d'avoir eu de la grâce comme elles ; les hommes, de n'en pas avoir comme lui.

On l'a déjà dit plus haut, mais on ne se lassera point de le répéter : ce qui fait le dandy, c'est l'indépendance. Autrement, il y aurait une législation du dandysme et il n'y en a pas[18]. Tout dandy est un *oseur*, mais un oseur qui a du tact, qui s'arrête à temps et qui trouve, entre l'originalité et l'excentricité, le fameux point d'intersection de Pascal. Voilà pourquoi Brummell ne put se plier aux contraintes de la règle militaire, qui est un uniforme aussi. Sous ce point de vue, il fut un détestable officier. M. Jesse, cet admirable chroniqueur qui n'oublie pas assez, raconte plusieurs anecdotes sur l'indiscipline de son héros. Il rompt les rangs dans les manœuvres, manque aux ordres de son colonel ; mais le colonel est sous le charme. Il ne sévit pas. En trois ans, Brummell devient capitaine. Tout à coup, son régiment est commandé pour aller tenir garnison à Manchester, et sur cela seul, le plus jeune capitaine du plus magnifique régiment de l'armée quitte le service. Il dit au prince de Galles qu'il ne voulait pas s'éloigner de lui. C'était plus aimable que de parler de Londres ; car c'était Londres surtout qui le retenait. Sa gloire était née là ; elle était autochtone de ces salons où la richesse, le loisir et le dernier degré de civilisation produisent ces affectations charmantes qui ont remplacé le naturel. La perle du dandysme tombée à Manchester, ville de manufactures, c'est aussi monstrueux que Rivarol à Hambourg !

Il sauva l'avenir de sa renommée : il resta à Londres. Il prit un logement dans Chesterfield Street, au n° 4 en face de George Selwyn - un de ces astres de la mode qu'il avait fait pâlir. Sa fortune matérielle, assez considérable, n'était point au niveau de sa position. D'autres, et beaucoup, parmi ces fils de lords et de nababs, avaient un luxe qui eût écrasé le sien, si ce qui ne pense pas pouvait écraser ce qui pense. Le luxe de Brummell était plus intelligent qu'éclatant ; il était une preuve de plus de la sûreté de cet esprit qui laissait l'écarlate aux sauvages, et qui inventa plus tard ce grand axiome de la toilette : « Pour être bien mis, il ne faut pas être remarqué. » Bryan Brummell eut des chevaux de main, un excellent cuisinier et le *home* d'une femme qui serait poète. Il donnait des dîners délicieux où les convives étaient aussi choisis que les vins. Comme les hommes de son pays et surtout de son époque[19], il aimait à boire jusqu'à l'ivresse. Lymphatique et nerveux, dans l'ennui de cette existence oisive et anglaise, à laquelle le dandysme n'échappe qu'à moitié, il recherchait l'émotion de cette autre vie que l'on trouve au fond des breuvages, qui bat plus fort, qui tinte et éblouit. Mais alors, même le pied engagé dans le tourbillonnant abîme de l'ivresse, il y restait maître de sa plaisanterie, de son élégance, comme Sheridan dont on parle toujours, parce qu'on le retrouve sans cesse au bout de toutes les supériorités.

C'est par là qu'il asservissait. Les prédicateurs méthodistes (et il n'y en a pas qu'en Angleterre), et tous les myopes qui ont risqué leur mot sur Brummell, l'ont peint, et rien n'est plus faux, comme une espèce de poupée sans cerveau et sans entrailles, et, pour rapetisser l'homme encore davantage, ils ont rapetissé l'époque dans laquelle il vécut, en disant qu'elle avait sa folie. Tentative et peine inutiles ! Ils ont beau frapper sur ce temps glorieux pour la Grande-Bretagne, comme à Florence on frappa sur la boule d'or dans laquelle l'eau qu'on voulait comprimer était renfermée : l'élément rebelle traversa les parois plutôt que de plier, et eux ne réduiront la société anglaise de 1794 à 1816 jusqu'à n'être qu'une société en décadence. Il est des siècles incompressibles qui résistent à tout ce qu'on en dit. La grande époque des Pitt, des Fox, des Windham, des Byron, des Walter Scott, deviendrait tout à coup petite parce qu'elle eût été remplie du nom de Brummell ! Si une telle prétention est absurde, Brummell avait donc en lui quelque chose digne d'attirer et de captiver les regards d'une grande époque - sorte de regards qui ne se prennent pas, comme les oisillons au miroir, seulement à l'appeau de vêtements gracieux ou splendides. Brummell, qui les a passionnés, attachait d'ailleurs beaucoup moins d'importance qu'on n'a cru à cet art de la toilette pratiqué par le grand Chatham[20].

Ses tailleurs Davidson et Meyer, dont on a voulu faire, avec toute la bêtise de l'insolence, les pères de sa gloire, n'ont point tenu dans sa vie la place qu'on leur donne. Écoutons Lister plutôt ; il peint ressemblant : « Il lui répugnait de penser que ses tailleurs étaient pour quoi que ce fût dans sa renommée, et il ne se fiait qu'au charme exquis d'une aisance noble et polie qu'il possédait à un très remarquable degré. » Lors de son début, il est vrai, et avec ses tendances extérieures, au moment où le démocratique Charles Fox introduisait (apparemment comme effet de toilette) le talon rouge sur les tapirs de l'Angleterre, Brummell dut se préoccuper de la forme sous tous ses aspects. Il n'ignorait pas que le costume a une influence latente mais positive sur les hommes qui le dédaignent le plus du haut de la majesté de leur esprit immortel. Mais plus tard il se déprit, comme le dit Lister, de cette préoccupation de jeunesse, sans l'abolir pourtant dans ce qu'elle avait de conforme à l'expérience et à l'observation. Il resta mis d'une façon irréprochable ; mais il éteignit les couleurs de ses vêtements, en simplifia la coupe et les porta sans y penser[21].

Il arriva ainsi au comble de l'art qui donne la main au naturel. Seulement, ses moyens de faire effet étaient de plus haut parage, et c'est ce qu'on a trop, beaucoup trop oublié. On l'a considéré comme un être purement physique, et il était au contraire intellectuel jusque dans le genre de beauté qu'il possédait. En effet, il brillait bien moins par la correction des traits que par la physionomie. Il avait les cheveux presque roux, comme Alfieri, et une chute de cheval, dans une charge, avait altéré la ligne grecque de son profil. Son air de tête était plus beau que son visage, et sa contenance - physionomie du corps - l'emportait jusque sur la perfection de ses formes. Écoutons Lister : « Il n'était ni beau ni laid ; mais il y avait dans tout sa personne une expression de finesse et d'ironie concentrée, et dans ses yeux une incroyable pénétration. » Quelquefois, ces yeux sagaces savaient se glacer d'indifférence sans mépris, comme il convient à un dandy consommé, à un homme qui porte en lui quelque chose de supérieur au monde visible. Sa voix magnifique faisait la langue anglaise aussi belle à l'oreille qu'elle l'est aux yeux et à la pensée. « Il n'affectait pas d'avoir la vue courte ; mais il pouvait prendre - dit encore Lister - quand les personnes qui étaient là n'avaient pas l'importance que sa vanité eût désirée, ce regard calme, mais errant, qui parcourt quelqu'un sans le reconnaître, qui ne se fixe ni ne se laisse fixer, que rien n'occupe et que rien n'égare. » Tel était le *beau* George Bryan Brummell. Nous qui lui consacrons ces pages, nous l'avons vu dans sa vieillesse, et l'on reconnaissait ce qu'il avait été dans ses plus étincelantes années ; car l'expression n'est pas à la portée des rides, et un homme remarquable surtout par la physionomie est bien moins mortel qu'un autre homme.

Du reste, ce que promettait sa physionomie, son esprit le tenait et au-delà. Ce n'était pas pour rien que le rayon divin se jouait autour de son enveloppe. Mais parce que son intelligence, d'une espèce infiniment rare, s'adonnait peu à ce qui maîtrise celle des autres hommes, serait-il juste de la lui nier ? Il était un grand artiste à sa manière ; seulement son art n'était pas spécial, ne s'exerçait pas dans un temps donné. C'était sa vie même, le scintillement éternel de facultés qui ne se reposent pas dans l'homme, créé pour vivre avec ses semblables. Il plaisait avec sa personne, comme d'autres plaisent avec leurs œuvres. C'était sur place qu'était sa valeur. Il tirait de sa torpeur[22] - chose difficile ! - une société horriblement blasée, savante, en proie à toutes les fatigues, par l'émotion, des vieilles civilisations - et, pour cela, il ne sacrifiait pas une ligne de sa dignité personnelle. On respectait jusqu'à ses caprices. Ni Etherege, ni Cibber, ni Congreve, ni Vanbrugh, ne pouvaient introduire un tel personnage dans leurs comédies, car le ridicule ne l'atteignait jamais. Il ne l'eût pas esquivé à force de tact, bravé à force d'aplomb, qu'il s'en fût garanti à force d'esprit - bouclier qui avait un dard à son centre et qui changeait la défense en agression. Ici on comprendra mieux peut-être. Les plus durs à sentir la grâce qui glisse sentent la force qui appuie, et l'empire de Brummell sur son époque paraîtra moins fabuleux, moins inexplicable quand on saura ce qu'on ne sait pas assez, quelle force de raillerie il avait. L'Ironie est un génie qui dispense de tous les autres. Elle jette sur un homme l'air de sphinx qui préoccupe comme un mystère et qui inquiète comme un danger[23]. Or Brummell la possédait et s'en servait de manière à transir tous les amours-propres, même en les caressant, et à redoubler les mille intérêts d'une conversation supérieure par la peur des vanités, qui ne donne pas d'esprit, mais qui l'anime dans ceux qui en ont et fait circuler plus vite le sang de ceux qui n'en ont pas. C'est le génie de l'Ironie qui le rend le plus grand mystificateur que l'Angleterre ait jamais eu. « Il n'y avait pas - dit l'auteur de *Granby* - de gardien de ménagerie plus habile à montrer l'adresse d'un singe qu'il ne l'était à montrer le côté grotesque caché plus ou moins dans tout homme ; son talent était sans égal pour manier sa victime et pour lui faire exposer elle-même ses ridicules sous le meilleur point de vue possible. » Plaisir, si l'on veut, quelque peu féroce ; mais le dandysme est le produit d'une société qui s'ennuie, et s'ennuyer ne rend pas bon.

C'est ce qu'il importe de ne pas perdre de vue quand on juge

Brummell. Il était avant tout un dandy, et il ne s'agit que de sa puissance. Singulière tyrannie qui ne révoltait pas ! - Comme tous les dandys, il aimait encore mieux étonner que plaire : préférence très humaine, mais qui mène loin les hommes ; car le plus beau des étonnements, c'est l'épouvante. Sur cette pente, où s'arrêter ? Brummell le savait seul. Il versait à doser parfaitement égales la terreur et la sympathie, et il en composait le filtre magique de son influence. Son indolence ne lui permettait pas d'avoir de la verve, parce qu'avoir de la verve c'est se passionner ; se passionner, c'est tenir à quelque chose, et tenir à quelque chose, c'est se montrer inférieur ; mais de sang-froid il avait du trait, comme nous disons en France. Il était mordant dans sa conversation autant qu'Hazlitt dans ses écrits. Ses mots crucifiaient[24] ; seulement, son impertinence avait trop d'ampleur pour se condenser et tenir dans des épigrammes. Des mots spirituels qui l'exprimaient, il la faisait passer dans ses actes, dans son attitude, son geste et le son de sa voix. Enfin, il la pratiquait avec cette incontestable supériorité qu'elle exige entre gens comme il faut pour être subie ; car elle touche à la grossièreté comme le sublime touche au ridicule et, si elle sort de la nuance, elle se perd. Génie toujours à moitié voilé, l'Impertinence n'a pas besoin du secours des mots pour apparaître ; sans appuyer, elle a une force bien autrement pénétrante que l'épigramme la plus brillamment rédigée. Quand elle existe, elle est le plus grand porte-respect qu'on puisse avoir contre la vanité des autres, si souvent hostile, comme elle est aussi le plus élégant manteau qui puisse cacher les infirmités qu'on sent en soi. À ceux qui l'ont, qu'est-il besoin d'autre chose ? N'a-t-elle pas plus fait pour la réputation de Talleyrand que cet esprit même ? Fille de la Légèreté et de l'Aplomb - deux qualités qui semblent s'exclure -, elle est aussi la sœur de la Grâce avec laquelle elle doit rester unie. Toutes deux s'embellissent de leur mutuel contraste. En effet, sans l'Impertinence, la Grâce ne ressemblerait-elle pas à une blonde trop fade, et sans la Grâce, l'Impertinence ne serait-elle pas une brune trop piquante ? Pour qu'elles soient bien ce qu'elles sont chacune, il convient de les entremêler.

Et voilà à quoi George Bryan Brummell réussissait mieux que personne. Cet homme, trop superficiellement jugé, fut une puissance si intellectuelle qu'il régna encore plus par les airs que par les mots. Son action sur les autres était plus immédiate que celle qui s'exerce uniquement par le langage. Il la produisait par l'intonation, le regard, le geste, l'intention transparente, le silence même[25] ; et c'est une explication à donner du peu de mots qu'il a laissés. D'ailleurs, ces mots, à en juger par ceux qui les ont rapportés, manquent pour nous de saveur ou en ont trop : ce qui est une manière d'en manquer encore. On y sent l'âpre influence du génie salin de ce peuple qui boxe et s'enivre et qui n'est pas grossier où nous, Français, cesserions d'être délicats. Qu'on y songe : ce que l'on appelle exclusivement *esprit*, dans les produits de la pensée, tenant essentiellement à la langue, aux mœurs, à la vie sociale, aux circonstances qui changent le plus de peuple à peuple, doit mourir dépaysé dans l'exil d'une traduction. Même les expressions qui le caractérisent pour chaque nation sont intraduisibles avec netteté dans la profondeur de sens qu'elles ont. Essayez, par exemple, de trouver des corrélatifs au *wit*, à l'*humour*, au *fun*, qui constituent l'esprit anglais dans son originale triplicité. Muable comme tout ce qui est individuel, l'esprit ne transborde pas plus d'une langue dans une autre que la poésie qui, du moins, s'inspire de sentiments généraux. Comme de certains vins, qui ne savent pas voyager, il doit être bu sur son terroir. Il ne sait pas vieillir non plus ; il est de la nature des plus belles roses qui passent vite, et c'est peut-être le secret du plaisir qu'il cause. Dieu a souvent remplacé la durée par l'intensité de la vie, afin que le généreux amour des choses périssables ne se perdît pas dans nos cœurs.

On ne citera donc pas les mots de Brummell. Ils ne justifieraient pas sa renommée, et pourtant ils la lui méritèrent ; mais les circonstances dont ils ont jailli, et qui les avaient chargés d'électricité, pour ainsi dire, ne sont plus. Ne remuons pas, ne comptons pas ces grains de sable qui furent des étincelles et que le temps dispersa après les avoir éteints. Grâce à la diversité des vocations, il y a des gloires qui ne sont rien plus que du bruit dans un silence, et qui doivent à jamais alimenter la rêverie, en désespérant la pensée.

Seulement, comment n'être pas frappé de ce vague de gloire tombant sur un homme aussi positif que Brummell, qui l'était trois fois, puisqu'il était vaniteux, anglais et dandy ! Comme tous les gens positifs qui ne vivent pas loin d'eux-mêmes et qui n'ont de foi et de volonté que pour les jouissances immédiates, Brummell ne désira jamais que celles-là et il les eut à foison. Il fut payé par la destinée de la monnaie qu'il estimait le plus. La société lui donna tous les bonheurs dont elle dispose, et pour lui il n'y avait pas de plus grandes félicités[26] ; car il ne pensait pas comme Byron - tantôt renégat et tantôt relaps du dandysme - que le monde ne vaut pas une seule des joies qu'il nous ôte. À cette vanité, éternellement enivrée, le monde n'en avait pas ôté. De 1799 jusque vers 1814, il n'y eut pas de raout à Londres, pas de fête où la présence du grand dandy ne fût regardée comme un triomphe et son absence comme une catastrophe. Les journaux imprimaient son nom, à l'avance, en tête des plus illustres invités. Aux bals d'Almack, aux *meetings* d'Ascot, il pliait tout sous sa dictature. Il fut le chef du club Watier, dont lord Byron était membre, avec lord Alvanley, Mildmay et Pierrepoint. Il était l'âme (est-ce l'âme qu'il faut dire ?) du fameux pavillon de Brighton, de Carlton-House, de Belvoir. Lié plus particulièrement avec Sheridan, la duchesse d'York, Erskine, lord Townshend et cette passionnée et singulière duchesse de Devonshire, poète en trois langues, et qui embrassait les bouchers de Londres, avec ses lèvres patriciennes, pour enlever des voix de plus à M. Fox, il s'imposait jusqu'à ceux qui pouvaient le juger, qui auraient pu trouver le creux sous le relief, si réellement il n'avait été que le favori du hasard. On a dit que Mme de Staël fut presque affligée de ne pas lui avoir plu. Sa toute-puissante coquetterie d'esprit fut éternellement repoussée par l'âme froide et la plaisanterie éternelle du dandy, de ce capricieux de neige qui avait d'excellentes raisons pour se moquer de l'enthousiasme. Corinne échoua sur Brummell comme sur Bonaparte : rapprochement qui rappelle le mot de lord Byron cité déjà. Enfin, succès plus original encore : une autre femme, lady Stanhope, l'amazone arabe qui sortit au galop de la civilisation européenne et des routines anglaises - ce vieux cirque où l'on tourne en rond - pour ranimer ses sensations dans le péril et l'indépendance du désert, ne se rappelait, après bien des années d'absence, de tous les civilisés laissés derrière elle, que le plus civilisé peut-être - la dandy George Brummell.

Certes ! quand on fait le compte de ces impressions vivantes, ineffaçables, sur les premières têtes d'une époque, on est obligé de traiter celui qui les a produites, fût-ce un fat, avec le sérieux que l'on doit à tout ce qui prend en vainqueur les imaginations des hommes. Les poètes, par cela seul qu'ils réfléchissent peur temps, se sont imprégnés de Brummell. Moore l'a chanté, mais qu'est-ce que Moore[27] ? Brummell fut peut-être une des muses de *Don Juan* invisible au poète. Toujours est-il que ce poème étrange a le ton essentiellement dandy d'un bout à l'autre, et qu'il éclaire puissamment l'idée que nous pouvons concevoir des qualités et du genre d'esprit de Brummell. C'est par ses qualités évanouies qu'il monta sur l'horizon et s'y maintint. Il n'en descendit pas : mais il en tomba, emportant avec lui, dans sa perfection, une chose qui, depuis lui, n'a plus reparu que dégradée. Le *Turf* hébétant a remplacé le dandysme. Il n'y a plus maintenant dans le *High life* que des jockeys et des fouetteurs de chiens[28].

Chapitre XI

On touche vite, quand on écrit cette histoire d'impressions plutôt que de faits, à la disparition du météore, à la fin de cet incroyable roman (qui n'est pas un conte), dont la société de Londres fut l'héroïne et Brummell le héros. Mais, dans la réalité, cette fin se fit longtemps attendre. À défaut de faits - la mesure historique du temps -, qu'on prenne les dates, et l'on jugera de la profondeur de cette influence par sa durée. De 1793 à 1816, il y a vingt-deux ans. Or, dans le monde moral comme dans le monde physique, ce qui est léger se déplace aisément. Un succès continu de tant d'années montre donc que c'était bien à un besoin de nature humaine, sous la convention sociale, que répondait l'existence de Brummell. Aussi, quand plus tard il fut obligé de quitter l'Angleterre, l'intérêt qu'il avait concentré sur sa personne n'était pas épuisé. L'enthousiasme ne se détournait pas de lui. En 1812, en 1813, il était plus puissant que jamais malgré les échecs que le jeu avait faits à sa fortune matérielle, la base de son élégance. En effet, il était fort grand joueur. On n'a pas besoin d'examiner s'il avait trouvé dans son organisme ou dans les tendances de la société qu'il voyait cette audace de l'inconnu et cette soif d'aventures qui font les joueurs et les pirates. Mais ce qu'il y a de certain, c'est que la société anglaise est encore plus avide d'émotions que de guinées, et qu'on ne domine une société qu'en épousant ses passions. Outre les pertes au jeu, une autre raison, à ce qu'il semble, pour que Brummell déclinât, c'était sa brouillerie avec le prince qui l'avait aimé et qui avait été, pour ainsi dire, le seul courtisan de leurs relations. Le Régent commençait à vieillir. L'embonpoint, ce polype qui saisit la beauté et la tue lentement dans ses molles étreintes, l'embonpoint l'avait pris, et Brummell, avec son implacable plaisanterie et cet orgueil de tigre que le succès inspire aux cœurs, s'était quelquefois moqué des efforts de coquette impuissante à réparer les dégâts du temps qui compromettaient le prince de Galles. Comme il y avait à Carlton-House un concierge d'une monstrueuse corpulence qu'on avait surnommé *Big-Ben* (le Gros-Ben), Brummell avait déplacé le surnom du valet au maître. Il appelait aussi Mme Fitz-Herbert *Benina*. Ces audacieuses dérisions ne pouvaient manquer de pénétrer jusqu'au fond de ces âmes vaniteuses, et Mme Fitz-Herbert ne fut pas le seule des femmes qui entouraient le prince héréditaire à s'offenser des familiarités de l'ironie de Brummell. Telle fut, pour le dire en passant, la cause réelle de la disgrâce qui frappa soudainement le grand dandy. L'histoire de la sonnette, racontée d'abord pour l'expliquer, est apocryphe, à ce qu'il paraît[29]. M. Jesse ne s'appuie pas seulement pour la repousser sur la dénégation de Brummell, mais encore sur la vulgaire impudence (*the vulgar impudence*) qu'elle révèle, et il a raison ; car l'impudence était bien souvent dans le dandy, mais la vulgarité n'y était jamais. Un fait d'ailleurs isolé, quelque expressif qu'il soit, ne vaut pas en gravité, pour motiver une disgrâce, les cent mille coups de dard d'aspic lancés par Brummell de sa façon la plus légère contre les affections du Régent. Ce que le mari de Caroline de Brunswick avait toléré, l'amant de Mme Fitz-Herbert, de lady Connyngham, ne devait pas le supporter[30]. Et l'eût-il supporté encore, le favori eût-il impunément blessé les favorites, que le prince, attaqué dans sa personne physique, son véritable *moi*, ne l'aurait pas souffert sans ressentiment. Le « Quel est ce gros homme ? » dit publiquement par Brummell à Hyde Park, en désignant Son Altesse Royale, et une foule d'autres mots semblables expliquent tout, bien mieux qu'un oubli de convenances, justifié du reste par un pari.

Mais ni l'éloignement rancunier du prince ni les revers au jeu n'avaient encore, vers cette époque (1813), ébranlé la position de Brummell. La main qui avait servi à son élévation en se retirant ne l'avait pas fait tomber, et l'opinion des salons lui était demeurée fidèle. Ce ne fut pas assez. Le Régent vit avec amertume un dandy à moitié ruiné lutter fièrement d'influence contre lui, l'homme le plus élevé de la Grande-Bretagne. Anacréon-Archiloque Moore, qui n'écrivait pas toujours sur du papier bleu céleste, et dont la haine irlandaise savait trouver parfois le mot qui poignarde le mieux, mettait dans la bouche du prince de Galles ces vers adressés au duc d'York et cités partout : « Je n'ai jamais eu de ressentiment ou d'envie de nuire à personne, excepté, maintenant que j'y pense, au beau Brummell, qui m'a menacé l'an dernier avec colère de me faire rentrer dans le néant, et d'introduire, à ma place, dans la fashion, le vieux roi George. » Ces vers offensants ne donnaient-ils pas raison au propos tenu par le roi des dandys, sur le dandy royal, au colonel Mac-Mahon : « Je l'ai fait ce qu'il est, je peux bien le défaire » ; et ne prouvaient-ils pas jusqu'à l'évidence combien le pouvoir d'opinion qu'exerçait ce Warwick de l'élégance lui appartenait en propre et à quel point il était indépendant et souverain ? Une autre preuve encore plus éclatante de ce pouvoir fut donnée, en cette même année 1813, par les chefs du club Watier qui, préparant une fête solennelle, mirent en sérieuse délibération s'ils inviteraient le prince de Galles, par cela seul qu'il était brouillé avec G. Brummell. Il fallut que Brummell, qui savait mettre de l'impertinence jusque dans ses générosités, insistât fortement pour que le prince fût invité. Sans nul doute, il était bien aise de voir chez lui (puisqu'il était du club) l'amphitryon qu'il ne voyait plus à Carlton-House, de se ménager ce face-à-face en présence de toute la jeunesse dorée de l'Angleterre ; mais le prince, au-dessous de lui-même dans cette entrevue, oubliant ses prétentions de gentilhomme accompli, ne se souvint pas même des devoirs que l'hospitalité impose à ceux qui la reçoivent, et Brummell, qui s'attendait à opposer dandysme à dandysme, répondit à l'air de la bouderie par cette élégante froideur qu'il portait sur lui comme une armure et qui le rendait invulnérable[31].

De tous les clubs de l'Angleterre, c'était précisément ce club Watier où la fureur du jeu dominait le plus. Il s'y passait d'affreux scandales. Ivres de porto gingembré, ces *blasés*, dévorés de spleen, y venaient chaque nuit cuver le mortel ennui de leur vie et soulever leur sang de Normands - ce sang qui ne bout que quand on prend ou qu'on pille - en exposant sur un coup de dé les plus magnifiques fortunes. Brummell, on l'a vu, était l'astre de ce fameux club. Il ne l'aurait point été s'il ne se fût pas plongé au plus épais du jeu et des paris qu'on y tenait. À la vérité, il n'était ni plus ni moins joueur que tous ceux qui s'agitaient dans ce charmant pandémonium où l'on perdait des sommes immenses avec l'indifférence parfaite qui, dans ces occasions, était pour les dandys ce qu'était la grâce pour les gladiateurs tombant au Cirque. Beaucoup - ni plus ni moins que lui - éprouvèrent dans tous les sens la chance commune ; mais beaucoup aussi purent l'affronter plus longtemps. Quoique habile à force de sang-froid et d'habitude, il ne pouvait rien contre le hasard qui devait mater le bonheur de sa vie par la pauvreté de ses derniers jours. En 1814, les étrangers arrivés à Londres, les officiers russes et prussiens des armées d'Alexandre et de Blücher, redoublèrent la conflagration du leu parmi les Anglais. Ce fut pour Brummell le moment terrible du désastre. Il y avait dans sa gloire et dans sa position un côté aléatoire par lequel l'une et l'autre devaient s'écrouler. Comme tous les joueurs, il s'acharna contre le sort et fut vaincu. Il eut recours aux usuriers et s'engouffra dans les emprunts : on a dit même, avec sa dignité ; mais rien de précis n'a été articulé à cet égard. Ce qui aurait pu autoriser quelques bruits peut-être, c'est qu'il était doué des qualités dangereuses qui relèvent, par la pose, jusqu'à la bassesse[32], et qu'il en abusa parfois. Ainsi, par exemple, on se souvenait de l'avoir vu accepter, dans ses gênes dernières, une somme assez considérable de quelqu'un qui voulait compter parmi les dandys, en se réclamant de l'homme qu'ils reconnaissaient pour leur maître. Depuis, l'argent ayant été redemandé au milieu d'un cercle nombreux, Brummell avait tranquillement répondu à l'importun créancier qu'il avait été payé. « Payé ! quand ? » avait dit le prêteur surpris ; et Brummell avait répondu avec son ineffable manière : « Mais quand je me tenais à la fenêtre de White, et que je vous ai dit, à vous qui passiez : *Jemmy, comment vous portez-vous ?* » Une telle réponse traînait la grâce jusqu'au cynisme, et il n'en faut pas beaucoup de semblables pour que les hommes qui les entendent ne prennent plus la peine d'être justes.

Du reste, l'heure à laquelle on ne l'est plus pour personne, l'heure du malheur, allait sonner pour Brummell. Sa ruine était consommée ; il le savait. Avec son impassibilité de dandy, il avait calculé, montre à la main, le temps qu'il devait rester sur le champ de bataille, sur le théâtre des plus admirables succès qu'homme du monde ait jamais eus et il avait résolu de n'y pas montrer l'humiliation après la gloire. Il fit comme ces fières coquettes qui aiment mieux quitter ce qu'elles aiment encore que d'être quittées par qui ne les aime plus. Le 16 de mai 1816, après avoir dîné d'un chapon envoyé par Watier, il but une bouteille de bordeaux[33]. Byron en avait bu deux quand il avait répondu à la Revue d'*Édimbourg* par sa satire des *Bardes anglais et des critiques écossais* - et il écrivit, sans espoir et nonchalamment, comme un homme perdu tente le sort, cette lettre qu'on a déjà citée :

« Mon cher Scrope, envoyez-moi deux cents livres. La Banque est fermée et tous mes fonds sont dans le trois pour cent. Je vous rendrai cet argent demain matin. Tout à vous. George Brummell. »

Il lui fut répondu immédiatement par Scrope Davies ce billet, spartiate de laconisme et d'amitié :

« Mon cher George, c'est très malheureux ; mais tous mes fonds sont dans le trois pour cent. Tout à vous. Scrope. »

Brummell était trop dandy pour se blesser d'un tel billet.il n'était pas homme à moraliser là-dessus, dit spirituellement M. Jesse. Il avait jeté, par amour de joueur pour les décisions du hasard, une feuille sur l'eau, et l'eau l'emportait ! La réponse de Scrope avait une sécheresse cruelle mais elle n'était pas vulgaire. De dandy à dandy, l'honneur restait donc sain et sauf. Brummell fit une stoïque toilette et le soir même parut à l'Opéra. Il y fut ce qu'est le Phénix sur bûcher et plus beau encore, car il sentit qu'il ne renaîtrait pas de ses cendres. En le voyant, qui aurait dit un homme foudroyé ? Après l'opéra, la voiture qu'il prit fut une chaise de poste. Le 17, il était à Douvres, et le 18 il avait quitté l'Angleterre. Quelques jours après ce départ, on vendit *by auction* et par ordre du shérif de Middlesex l'élégant mobilier du dandy (*man of fashion*) « parti pour le continent », ainsi que le disait le livre de vente. Les acheteurs furent ce qu'il y avait de plus à la mode à Londres et de plus distingué dans l'aristocratie anglaise. On comptait parmi eux le du d'York, les lords Yarmouth et Besborough, lady Warburton, sir H. Smyth, sir H. Peyton, sir W. Burgoyne, les colonels Sheddon et Cotton, le général Phipps, etc. Tous voulaient, et payèrent comme des Anglais qui désirent, ces reliques précieuses d'un luxe épuisé, ces objets consacrés par le goût d'un homme, ces frêles choses fungibles, touchées et à moitié usées par Brummell. Ce qui fut payé le plus cher par cette société opulente, chez laquelle le superflu était devenu le nécessaire, fut précisément ce qui avait le moins de valeur en soi, les babioles (*the knick-knacks*) qui n'existent que par la main qui les a choisies et le caprice qui les a fait naître. Brummell passait pour avoir une des plus nombreuses collections de tabatières qu'il y eût en Angleterre. On en ouvrit une, dans laquelle on trouva, écrit de sa main : « Je destinais cette boîte au Prince Régent, s'il s'était mieux conduit avec moi. » Le naturel d'une pareille phrase la rend plus impertinente encore. Il n'y a que des fatuités de petite espèce qui manquent de simplicité.

Arrivé à Calais, « cet asile des débiteurs anglais », Brummell chercha à tromper l'exil. Il avait emporté dans sa fuite quelques débris de sa magnificence passée, et ces débris d'une fortune anglaise étaient presque une fortune en France. Il loua chez un libraire de la ville un appartement qu'il meubla avec une somptueuse fantaisie, et de manière à rappeler son boudoir de Chesterfield-Street ou ses salons de Chapel-Street, dans Park-Lane. Ses amis, s'il est permis de tracer un mot si sincère, car les amis d'un dandy sont toujours un peu les sigisbées de l'amitié, fournirent aux dépenses de sa vie, qui garda longtemps un certain éclat. Le duc et la duchesse d'York, avec lesquels il s'était lié plus étroitement depuis sa rupture avec le prince de Galles, M. Chamberlayne et beaucoup d'autres, alors et plus tard, vinrent très noblement en aide au beau malheureux, montrant ainsi, et plus éloquemment que jamais, la force d'impression qu'il avait exercée sur tous ceux qui l'avaient connu. Il fut pensionné par les hommes qu'il avait charmés, comme un écrivain, un orateur politique le sont quelquefois par les partis dont ils représentent les opinions. Cette libéralité, qui n'emporte avec elle aucune idée dégradante dans les mœurs anglaises, n'était pas nouvelle. Chatham n'avait-il pas reçu une somme considérable de la vieille duchesse de Marlborough, pour un discours d'opposition, et Burke lui-même, qui n'avait pas la largeur de Chatham et qui faisait du *bombast* en vertu comme en éloquence, n'avait-il pas accepté du ministre, le marquis de Rockingham, une propriété qui le rendit éligible au Parlement ? Ce qui était nouveau, c'était la cause même de cette libéralité. On était reconnaissant au nom d'un plaisir senti comme au nom d'un service rendu, et l'on avait raison ; car le plus grand service à rendre aux sociétés qui s'ennuient, n'est-ce pas de leur donner un peu de plaisir ?

Mais il y eut plus étonnant encore que cet exemple d'une reconnaissance toujours rare. L'ascendant du dandy n'était pas mort du coup de l'absence ; il survivait à son départ. Les salons de la Grande-Bretagne s'occupèrent autant de Brummell exilé que quand il était là, dictant ses arrêts à ce monde qu'on soumet quand on l'aime, mais qui écrase quand on le fuit. L'attention publique perçait le brouillard, franchissait la mer et l'atteignait sur l'autre rive dans cette ville étrangère où il s'était réfugié. La fashion fit maint pèlerinage à Calais. On y vit les ducs de Wellington, de Rutland, de Richmond, de Beaufot, de Bedford ; les lords Sefton, Jersey, Willoughby, d'Eresby, Craven, Ward et Stuart de Rothsay. Aussi superbe qu'à Londres, Brummell conserva toutes les habitudes de sa vie extérieure. Un jour, lord Westmoreland, passant par Calais, lui manda qu'il serait heureux de lui donner à dîner, et que le dîner serait pour trois heures. Le *Beau* répondit qu'il ne mangeait jamais à cette heure là, et refusa Sa Seigneurie. Il vivait, du reste, avec la monotone routine des Anglais oisifs sur le continent, et dans une solitude troublée seulement par les visites de ses compatriotes. Quoiqu'il n'affectât pas de hauteur aristocratique ou misanthropique, sa courtoisie avait si grand air qu'elle n'attirait pas beaucoup les hommes dont le hasard l'avait rapproché : il restait étranger par le langage[34], et il le restait davantage par les habitudes de son passé. Un dandy est plus insulaire qu'un Anglais ; car la société de Londres ressemble à une île dans une île, et d'ailleurs il ne faut pas être trop souple pour y paraître distingué. Cependant, malgré sa réserve un peu orgueilleuse[35], il résistait moins aux avances quand on les faisait sous les apparences d'un bon dîner. Son amour de la table, fin comme un goût et exigeant comme une passion, avait toujours été un des côtés les plus développés de son sybaritisme. Cette sensualité, assez commune chez les hommes spirituels, rendait sa vanité moins intraitable ; mais son incomparable aplombe couvrait tout. « Qu'est cela qui vous salue, Sefton ? » disait-il à lord Sefton dans une promenade publique ; et c'était l'honnête provincial chez lequel, lui, Brummell, dînait le

Chapitre XI

jour même, qui le saluait.

Il habita Calais plusieurs années. Sous le vernis de cette vanité toujours en grande tenue, il cacha probablement bien des douleurs. Parmi toutes les autres, il y en eut aussi d'intelligence. En effet, suprême homme de conversation, la conversation lui était devenue impossible[36].

Son esprit, qui avait besoin pour s'enflammer de l'étincelle de l'esprit d'autrui, demeurait sans ressource. Rude angoisse que Mme de Staël a sentie ! La pensée qu'il lançait son nom jusqu'à Londres, que les plus pimpants de ce monde qu'il ne hantait plus venaient de temps en temps lui apporter quelque souvenir mêlé d'une curiosité impérissable, ne suffisait plus pour le dédommager de ce qu'il avait perdu. Mais la vanité d'un dandy, quand elle souffre, est presque de l'orgueil ; elle devient muette comme la honte. Qui a tenu compte de cela à l'homme frivole ? Ne sachant peut-être comment occuper des facultés désormais inutiles, il se jeta dans une correspondance avec la duchesse d'York, pour laquelle il peignit un écran très compliqué et dont il inventa les figures. À Belvoir, à Oatlands, partout le duc et la duchesse d'York l'avaient comblé ; mais, depuis la trahison de la fortune, la duchesse lui avait montré un sentiment qui jette un reflet de sérieuse tendresse sur cette vie brillante et aride[37]. Brummell ne l'oublia jamais. Il paraît même que, sans l'amitié de la duchesse d'York, à laquelle il avait promis de ne point révéler ce qu'il savait de la vie intime du Régent, il aurait écrit des Mémoires et refait ainsi sa fortune ; car les libraires de Londres lui proposèrent des sommes immenses pour prix de ses indiscrétions. Ce silence très délicat, du reste (que la duchesse le lui ait fait garder ou qu'il l'ait gardé de lui-même), ne toucha pas beaucoup l'épais égoïsme de George IV. Quand il traversa Calais, il est vrai, pour aller visiter son royaume de Hanovre (1821), il laissa, avec la mollesse d'une âme blasée, arranger les choses autour de lui pour une réconciliation ; mais Brummell ne se prêta qu'à moitié à ces combinaisons officieuses. Comme *la vanité ne nous lâche jamais, même sur la roue*, il ne voulut point demander d'audience au prince qui n'était qu'un dandy fort inférieur à ce qu'il était, lui, à ses propres yeux. Placé sur le passage de George, il s'y tint avec une douloureuse contrainte. L'ancien convive de Carlton-House le vit sans l'espèce d'émotion qu'on trouve à revoir un compagnon de sa jeunesse - ce regret souriant du passé, poésie à l'usage des plus vulgaires. Dans un autre moment, comme on lui offrit une tabatière qu'il reconnut pour avoir fait partie de la fameuse collection de Brummell, il demanda qu'on le lui présentât et fixa l'heure de la réception pour le lendemain. Que serait-il arrivé s'il l'avait vu ? Le *Roi de Calais*, comme on disait de Brummell, serait-il retourné régner à Londres ? Mais, le lendemain, des dépêches ayant forcé George IV d'avancer son départ, Brummell fut parfaitement oublié. Son peu d'empressement avait été au moins égal à l'indifférence du prince. C'était une faute que cet indolent dégoût de toute avance vis-à-vis du roi d'Angleterre, quand on se place au point de vue de la politique de la vie ; mais, s'il ne l'avait pas commise, il aurait été moins Brummell[38].

Depuis, George IV ne reparla jamais du dandy aperçu à Calais : il retomba dans l'engourdissement des souvenirs. Brummell ne se plaignit pas ; il garda le ferme et discret silence qui est le bon goût de la fierté. Pourtant, les évènements qui suivirent eussent motivé, dans une âme plus faible, bien des récriminations. En très peu de temps, ses ressources d'Angleterre s'épuisèrent, les dettes vinrent, la misère aussi. Il allait commencer de descendre cet escalier de l'exil dans la pauvreté, dont parle Dante, et au bas duquel il devait trouver la prison, l'aumône et un hôpital de fous pour y mourir. La main qui l'arrêta encore sur les premières marches de cet horrible escalier fut une main royale, la main de Guillaume IV, dont le gouvernement créa une place de consul à Caen et la lui donna. D'abord maigrement rétribué, ce poste finit par ne plus l'être ; il s'effaça sous l'incapacité[39] dédaigneuse de Brummell à le remplir[40]. Plus tard même, il lui fut ôté. Les gouvernements qui devraient classer les hommes, quand ils les placent à rebours de leur vocation, croient-ils avoir fait beaucoup pour eux ? Le temps que Brummell passa à Caen fut une des plus longues phases de sa vie. La noblesse de cette ville montra, par l'accueil qu'elle lui fit et la considération dont elle l'entoura, que les ancêtres des Anglais étaient des Normands. Cela put lui adoucir, mais non lui épargner les angoisses qui déchirèrent ses derniers jours. M. Jesse a fait le compte de ces abaissements, de ces douleurs : nous, nous les tairons. Pourquoi les raconter ? C'est du dandy qu'il est question, de son influence, de sa vie publique, de son rôle social. Qu'importe le reste ? Quand on meurt de faim, on sort des affectations d'une société quelconque, on rentre dans la vie humaine : on cesse d'être dandy[41]. Laissons cela. Seulement rendons cette justice à Brummell, qu'il le fut aussi avant qu'homme puisse l'être dans la pauvreté et dans la faim. La faculté qui chez lui dominait resta longtemps debout sur les ruines de sa vie. Les autres, qui n'existaient que pour soutenir celle-là en s'harmonisant avec elle, ne purent rien pour sa gloire et pas grand-chose pour son bonheur. Ainsi, il était poète. Il avait juste en lui le degré d'imagination nécessaire à un homme dont la vocation est de plaire ; mais ce qu'il a laissé de poésies, remarquable pour un dandy, n'illustrerait pas un écrivain[42]. Nous n'avons donc point à nous en occuper. Dans cette étude d'homme si spécial à sa manière, tout ce qui n'est pas la vocation même, le doigt de Dieu sur l'intelligence, doit être laissé à l'écart.

Chapitre XII

On sait quelle fut cette vocation et comme il la remplit. Il était né pour régner par des facultés très positives, quoique Montesquieu, un jour dépité, les ait appelées *je ne sais quoi*, au lieu de montrer ce qu'elles sont. Ce fut par là qu'il prima son époque. Comme l'aurait dit le prince de Ligne, « Il fut roi par la grâce de la Grâce » ; mais à la condition qui pèse sur nous tous, chercheurs d'influence, d'accepter de son temps les préjugés et même, jusqu'à un certain point, les vices. Aveu triste à faire pour les chastes du vrai en toutes choses : si sa grâce avait été plus sincère, elle n'aurait pas été si puissante ; elle n'eût pas séduit et captivé une société sans naturel. À quel degré de civilisation raffinée, de corruption secrète, la société anglaise est-elle en effet arrivée pour que ce soit un mot profond et juste que celui-ci, dit à propos d'un dandy comme Brummell : *Il déplaisait trop généralement pour ne pas être recherché*[43] ? Ne reconnaît-on pas là le besoin d'être battues qui prend quelquefois les femmes puissantes et débauchées ? Est-ce que la grâce simple, naïve, spontanée, serait un stimulant assez fort pour remuer ce monde épuisé de sensations et garrotté par des préjugés de toute sorte ? Si l'on restait parfaitement soi dans un tel milieu, que serait-on ? à peine aperçu par quelques âmes d'élite, restées saines et grandes[44] : public, hélas ! bien incertain. Or on est vaniteux, on veut l'approbation des autres ; mouvement charmant du cœur humain que l'in a trop calomnié. C'est toute l'explication peut-être des affectations du dandysme. Il ne serait donc, en définitive, que la grâce qui se fausse pour être mieux sentie dans une société fausse[45] et, dans ce sens, que le naturel, bien compromis, il est vrai, mais impérissable.

On l'a dit au commencement de cet écrit : le jour où la société qui produit le dandysme se transformera, il n'y aura plus de dandysme ; et comme déjà, malgré son attache à ses vieilles mœurs qui ressemble à un fatal esclavage, l'aristocratique et protestante Angleterre s'est fort modifiée depuis vingt ans, il n'est guère plus que la tradition d'un jour. Qui l'aurait cru ou plutôt qui aurait pu ne pas le prévoir ? Cette modification s'est produite dans le sens d'une pente invariable. Victime de sa vie historique, l'Angleterre, après avoir fait un pas vers l'avenir, revient s'asseoir dans son passé. Si haut qu'elle cingle sur la mer du temps, elle ne brise jamais entièrement - comme le *Corsaire* de son plus grand poète - la chaîne qui l'attache au rivage. Pour elle, qui retient tout, qui garde tout, *marble to retain*, l'habitude asservit d'étrange sorte. Pour elle, la septième peau du serpent ressemble toujours à la première qui l'a dépouillée. On croit un instant la trace de ce qui n'est plus, évanouie : on écrit sur ce palimpseste, et il ne faut qu'une circonstance pour que ce qu'on croyait effacé reparaisse, lisible, ferme, éclatant. Aujourd'hui, le puritanisme auquel le dandysme, avec les flèches de sa légère moquerie, a fait une guerre de Parthe - en le fuyant plutôt qu'en l'attaquant de front -, le puritanisme blessé se relève et panse ses blessures. Après Byron, après Brummell - ces deux railleurs d'un ordre si différent, mais d'une influence peut-être égale -, qui n'aurait pas cru sur le flanc la vieille moralité anglicane ? Eh bien, non, elle n'y est pas. Le *cant* indéfectible, immortel, a vaincu encore. L'aimable fantaisie n'a qu'à jeter son sang d'essence de roses vers le ciel. Elle succombe sous l'opiniâtre nature de ce peuple indomptablement coutumier, l'absence de ces grands écrivains qui électrisent les imaginations et leur communiquent toutes les audaces[46], et enfin l'influence sur la haute société d'une jeune reine qui a l'affectation de l'amour conjugal, comme Élisabeth avait celle de la virginité. Quelles meilleures sources d'hypocrisie et de spleen ? Le méthodisme, qui était passé des mœurs dans la

Chapitre XII

politique, repasse, à l'heure qu'il est, de la politique dans les mœurs. Un poète, un homme de race, qui tient de sa naissance le très facile courage d'avoir une opinion indépendante, comme il pourrait attendre de son talent une inspiration vraie, lord John Manners, ne vient-il pas de publier un volume de poésies en l'honneur de l'Église établie d'Angleterre ? Shelley, athée, n'aurait plus même la sécurité de l'exil. Le libéralisme d'idées, qui avait lui comme un rayon de l'intelligence de ses plus grands hommes sur ce pays du pharisaïsme hautain, de la convenance glacée et menteuse, n'a brillé qu'un moment rapide, et la momie du sentiment religieux, le formalisme, y règne toujours au fond de son sépulcre blanchi. Tout est fini, tout est mort de cette belle société dont Brummell fut l'idole, parce qu'il en était l'expression dans les choses du monde, dans les relations de pur agrément. De dandy comme Brummell on n'en reverra plus ; mais des hommes comme lui, et même en Angleterre, quelque livrée que le monde leur mette, on peut affirmer qu'il y en aura toujours. Ils attestent la magnifique variété de l'œuvre divine : ils sont éternels comme le caprice. L'humanité a autant besoin d'eux et de leur attrait que de ses plus imposants héros, de ses grandeurs les plus austères. Ils donnent à des créatures intelligentes le plaisir auquel elles ont droit. Ils entrent dans le bonheur des sociétés comme d'autres hommes font partie de leur moralité.

Natures doubles et multiples, d'un sexe intellectuel indécis, où la grâce est plus grâce encore dans la force, et où la force se retrouve encore dans la grâce ; Androgynes de l'Histoire, non plus de la Fable, et dont Alcibiade fut le plus beau type chez la plus belle des nations.

Notes

1.   Tout le monde s'y trompe, les Anglais eux-mêmes ! Dernièrement leur Thomas Carlyle, l'auteur du Sartor resartus, ne s'est-il pas cru obligé de parler du dandysme et des dandys dans un livre qu'il appelle la Philosophie du costume (Philosophy of clothes) ? Mais Carlyle a dessiné une gravure de mode avec le crayon ivre d'Hogarth, et il a dit : « Voilà le dandysme ! » Ce n'en était pas même la caricature, car la caricature outre tout et ne supprime rien. La caricature, c'est l'outrance exaspérée de la

réalité, et la réalité du dandysme est humaine, sociale et spirituelle… Ce n'est pas un habit qui marche tout seul ! Au contraire ! c'est une certaine manière de le porter qui crée le dandysme. On peut être dandy dans un habit chiffonné. Lord Spencer le fit bien avec un habit qui n'avait plus qu'une basque. Il est vrai qu'il la coupa et qu'il en fit cette chose qui, depuis, a porté son nom. Un jour même, le croirait-on ? les dandys ont eu la fantaisie de l'habit râpé. C'était précisément sous Brummell. Ils étaient à bout d'impertinence, ils n'en pouvaient plus. Ils trouvèrent celle-là, qui était si dandie (je ne sais pas un autre mot pour l'exprimer), de faire râper leurs habits avant de les mettre, dans toute l'étendue de l'étoffe, jusqu'à ce qu'elle ne fût plus qu'une espèce de dentelle - une nuée. Ils voulaient marcher dans leur nuée, ces dieux ! L'opération était très délicate et très longue, et on se servait, pour l'accomplir, d'un morceau de verre aiguisé. Eh bien ! voilà un véritable fait de dandysme. L'habit n'y est pour rien. Il n'est presque plus.

Et en voici un autre encore : Brummell portait des gants qui moulaient ses mains comme une mousseline mouillée. Mais le dandysme n'était pas la perfection de ces gants qui prenaient le contour des ongles, comme la chaire le prend, c'était qu'ils eussent été faits par quatre artistes spéciaux, trois pour la main et un pour le pouce. *J'ai bonne envie d'être clair et d'être compris que je risquerai une chose ridicule. Je mettrai une note dans une note. Le prince de Kaunitz sans être Anglais (il est vrai qu'il était Autrichien), se rapproche le plus des dandys par le calme, la nonchalance, la frivolité majestueuse et l'égoïsme féroce (il disait fastueusement : « Je n'ai pas un ami ! » et ni la mort ni l'agonie de Marie-Thérèse n'avancèrent l'heure de son lever et n'abrégèrent d'une minute le temps qu'il donnait à ses indescriptibles toilettes) ; le prince de Kaunitz n'était pas un dandy quand il mettait un corset de satin comme l'Andalouse d'Alfred de Musset, mais il l'était quand, pour donner à ses cheveux la nuance exacte, il passait dans une enfilade de salons dont il avait calculé la grandeur et le nombre et que des valets armés de houppes le poudraient, seulement le temps qu'il passait !

Thomas Carlyle, qui a écrit un autre livre intitulé les Héros et qui nous a donné le Héros Poète, le Héros Roi, le Héros Homme de lettres, le Héros Prêtre, le Héros Prophète et même le Héros Dieu, aurait pu nous donner le Héros de l'élégance oisive - le Héros Dandy ; mais il l'a oublié. Ce qu'il dit, du reste, dans le Sartor resartus, des dandys en général, qu'il appelle du gros mot de secte (Dandiacal sect), montre assez qu'avec son

Notes

regard embarbouillé d'Allemand, le Jean-Paul anglais n'eût rien vu de ces nuances précises et froides qui furent Brummell. Il en aurait parlé avec la profondeur de ces petits historiens français qui, dans des revues bêtement graves, ont jugé Brummell à peu près comme l'auraient fait des bottiers ou des tailleurs qu'il eût dédaigné de faire travailler. Dantans de quatre sous qui ont taillé leur faux buste avec leur canif, dans la pâte d'un savon de Windsor dont on ne voudrait pas pour son bain !

2. En écrivains, elle donne aussi des femmes comme miss Edgeworth, comme miss Aikin, etc. Voir les Mémoires de cette dernière sur Élisabeth : style et opinion d'une pédante et d'une prude sur une prude et sur une pédante.

3. Inutile d'insister sur l'ennui qui mange le cœur de la société anglaise et qui lui donne, sur les sociétés que ce mal dévore, la triste supériorité des corruptions et des suicides. L'ennui moderne est fils de l'analyse ; mais à celui-là, notre maître à tous, se joint pour la société anglaise, la plus riche du monde, l'ennui romain, fils de la satiété, et qui multiplierait le nombre des Tibère à Caprée, moins l'empire, si la moyenne proportionnelle des sociétés était composée d'âmes plus fortes.

4. Voir dans les journaux américains l'enthousiasme inspiré par Mlle Elssler aux descendants des puritains de la vieille Angleterre : une jambe de danseuse tournant des Têtes-Rondes !

5. Encore pas toujours. Que sont les Mémoires de Wraxal par exemple ? Et pourtant quel homme fut jamais mieux placé pour observer que celui-là ?

6. Les manières, c'est la fusion des mouvements de l'esprit et du corps, et l'on ne peint pas des mouvements.

7. Le capitaine Jesse. Il a publié deux forts volumes in-8° sur Brummell ; et, avant de les avoir publiés, il avait mis à notre disposition, avec une courtoisie parfaite, les renseignements qu'il possédait sur le fameux dandy.

8. M. Amédée Renée, dans son introduction aux Lettres de lord Chesterfield, paris, 1842.

9. London and Westminster Review.

10. Le dandysme introduit le calme antique au sein des agitations modernes ; mais le calme des Anciens venait de l'harmonie de leurs facultés et de la plénitude d'une vie librement développée, tandis que le calme du dandysme est la pose d'un esprit qui doit avoir fait le tour

de beaucoup d'idées et qui est trop dégoûté pour s'animer. Si un dandy était éloquent, il le serait à la façon de Périclès, les bras croisés sous son manteau. Voir la ravissante, impertinente et très moderne attitude du Pyrrhus de Girodet, écoutant les imprécations d'Hermione. Cela ferait mieux comprendre ce que je veux dire que tout ce que j'écris là.

11. Et il n'y a pas qu'en Angleterre. Quand, en Russie, la princesse d'Aschekoff ne portait pas de rouge, elle faisait acte de dandysme, et peut-être trop, car c'était un acte de la plus scandaleuse indépendance. En Russie, rouge veut dire beau et, au XVIIIe siècle, les mendiants, au coin des rues, s'ils n'avaient pas eu de rouge, n'auraient pas osé quêter. Voir Rulhière sur cette femme. Rulhière, écrivain qui a du dandysme aussi dans le coup de plume - Rulhière, piquant dans le profond, si l'histoire n'était qu'une anecdote, comme il l'écrirait !

12. Nom haineux donné à tout un ordre de préoccupations très légitimes au fond, puisqu'elles correspondent à des besoins réels.

13. Buck signifie mâle, en anglais ; mais ce n'est pas le mot qui est intraduisible, c'est le sens.

14. Pour des myopes, c'était un modèle de dandysme, mais pour ceux qui ne se payent pas d'apparences, ce n'était pas plus un dandy qu'une femme très bien mise n'est une femme élégante.

15. L'affectation produit la sécheresse. Or un dandy, quoique ayant trop bon ton pour n'être pas simple, est toujours un peu affecté. C'est l'affectation très raffiné du talent très artificiel de Mlle Mars. Si on était passionné, on serait trop vrai pour être dandy. Alfieri n'aurait jamais pu l'être, et Byron ne l'était qu'à certains jours.

16. On a parlé de lady J..y qu'il aurait soufflée au Régent, comme on dit avec une légèreté digne de la chose. Mais lady J..y est restée son amie, et les amours finissant en amitiés sont plus chimériques que les belles femmes finissant en queue de poisson. Il y a un beau coup de hache donné de main de poète dans les illusions des cœurs généreux et mortels : « Tout le temps qu'on est amants, on n'est point amis ; quand on n'est plus amants, on n'est rien moins qu'amis. »

17. Il n'y a qu'un Anglais qui puisse se servir de ce mot-là. En France, l'originalité n'a point de patrie ; on lui interdit le feu et l'eau ; on la hait comme une distinction nobiliaire. Elle soulève les gens médiocres, toujours prêts, contre ceux qui sont autrement qu'eux, à une de ces morsures de gencives qui ne déchirent pas, mais qui salissent. Etre

comme tout le monde est le principe équivalent, pour les hommes, au principe dont on bourre la tête des jeunes filles : « Sois considérée, il le faut », du Mariage de Figaro.

18.   S'il y en avait, on serait dandy en observant la loi. Serait dandy qui voudrait ; ce serait une prescription à suivre, voilà tout. Malheureusement pour les petits jeunes gens, il n'en est pas tout à fait ainsi. Il y a sans doute, en matière de dandysme, quelques principes et quelques traditions ; mais tout cela est dominé par la fantaisie, et la fantaisie n'est permise qu'à ceux à qui elle sied et qui la consacrent en l'exerçant.

19.   Tous buvaient, depuis les plus occupés jusqu'aux plus oisifs, depuis les lazaroni de salon (les dandys) jusqu'aux ministres d'Etat. Boire comme Pitt et Dundas est resté proverbe. Quand Pitt buvait, cette grande âme que l'amour de l'Angleterre remplissait, mais n'assouvissait pas, c'est de variété qu'il avait soif. Les hommes forts cherchent souvent à se donner le change ; mais, hélas ! la nature ne le prend pas toujours.

20.   Le seul homme historique qui soit grand sans être simple.

21.   Comme s'ils étaient impondérables ! Un dandy peut mettre s'il veut dix heures à sa toilette, mais une fois faite, il l'oublie. Ce sont les autres qui doivent s'apercevoir qu'il est bien mis.

22.   Sans sortir de la sienne. Il y a dans l'amabilité, en effet, quelque chose de trop actif et de trop direct pour qu'un dandy soit parfaitement aimable. Un dandy n'a jamais la recherche et l'anxiété de quoi que ce soit. Si donc l'on a pu se risque à dire que Brummell fut aimable certains soirs, c'est que la coquetterie des hommes puissants peut être très médiocre et paraître irrésistible. Ils sont comme les jolies femmes à qui l'on sait gré de tout (quand on est homme toutefois).

23.   « Vous êtes un malais dans labyrinthe », écrivait une femme impatientée de regarder sans voir et de chercher sans découvrir. Elle ne se doutait pas qu'elle exprimait là un principe de dandysme. À la vérité, n'est pas palais qui veut, mais on peut toujours être labyrinthe.

24.   Il ne les lançait pas, mais il les laissait tomber. L'esprit des dandys ne frétille et ne pétille jamais. Il n'a point les mouvements de vif-argent et de flamme de celui d'un Casanova, ou d'un Beaumarchais ; car, par rencontre, il trouverait les mêmes mots qu'il les prononcerait autrement. Les dandys ont beau représenter le caprice d'une société classée et symétrique, ils n'en respirent pas moins, quelque bien organisés qu'ils soient, la contagion de l'affreux puritanisme. Ils vivent dans cette

tour de la Peste, et une pareille habitation est malsaine. C'est pour cela qu'ils parlent tant de dignité. Ils croiraient peut-être en manquer s'ils s'abandonnaient à la frénésie de l'esprit. Ils vivent toujours sur l'idée de dignité comme sur un pal, ce qui - si souple qu'on soit ! - gêne un peu la liberté des mouvements et fait tenir par trop droit.

25. Il jouait trop bien de la conversation pour ne pas être bien souvent silencieux ; mais ce silence n'avait pas la profondeur du silence qui écrivait : « Ils me regardaient pour savoir si je comprenais leurs idées sur je ne sais quoi et leurs jugements sur je ne sais qui. Mais ils me prenaient probablement pour quelque médiocrité de salon, et moi je jouissais de l'opinion présumable qu'ils avaient de ma personne. J'ai pensé aux rois qui aiment à garder l'incognito. » Cette solitaire et orgueilleuse conscience de soi doit être inconnue aux dandys. Le silence de Brummell était un moyen de plus de faire effet, la coquetterie taquine des êtres sûrs de plaire et qui savent par quel bout s'allume le désir.

26. Les moralistes demanderont insolemment : fut-il heureux de cet unique bonheur du monde, qui fait pitié ? Et pourquoi pas ?... La vanité satisfaite peut suffire à la vie aussi bien que l'amour satisfait. Mais l'ennui ? Eh ! mon Dieu ! c'est la paille où se rompt l'acier le mieux trempé en fait de bonheur. C'est le fond de tout, et pour tous, à plus forte raison pour une âme de dandy, pour un de ces hommes dont on a dit bien ingénieusement, mais bien tristement aussi : « Ils rassemblent autour d'eux tous les agréments de la vie, mais ainsi qu'une pierre qui attire la mousse, sans se laisser pénétrer par la fraîcheur qui la couvre. »

27. Le sentiment irlandais à part, un poète de papier rose mâché.

28. Il y a eu d'Orsay. Mais d'Orsay, ce lion dans le sens de la fashion, et qui n'en avait pas moins la beauté de ceux de l'Atlas, d'Orsay n'était pas un dandy. On s'y est mépris. C'était une nature infiniment plus complexe, plus ample et plus humaine que cette chose anglaise. On l'a beaucoup dit, mais sans cesse il faut y revenir : la lymphe, cette espèce d'eau dormante qui n'écume que quand la Vanité la fouette, est la vase physiologique du dandy, et d'Orsay avait le sang rouge de France. C'était un nerveux sanguin aux larges épaules, à la poitrine François Ier, et à la beauté sympathique. Il avait une main superbe sans superbe, et une manière de la tendre qui prenait les cœurs et les enlevait ! Ce n'était pas là le shake hand hautain du dandysme. D'Orsay plaisait si naturellement et si passionnément à tout le monde qu'il faisait porter son médaillon jusqu'à des hommes ! tandis que les dandys ne font porter aux hommes que ce que vous savez

Notes

et plaisent aux femmes en leur déplaisant (ne jamais oublier cette nuance, lorsqu'il s'agit de les juger). D'Orsay était enfin un roi de bienveillance aimable. Or la bienveillance est un sentiment entièrement inconnu aux dandys. Comme eux, il est vrai, il avait l'art de la toilette, non éclatante, mais profonde, et c'est pour cette raison sans doute que les Superficiels l'ont regardé comme le successeur de Bummell ; mais le dandysme n'est pas l'art brutal de mettre une cravate. Il y a même des dandys qui n'en ont jamais porté. Exemple, lord Byron qui avait le cou si beau ! D'un autre côté, d'Orsay fut un artiste. De cette main qu'il donnait trop - car la coquetterie règne bien plus par ce qu'elle refuse que par ce qu'elle accorde -, il sculptait, et non pas comme Brummell peignait ses éventails pour des visages faux et des têtes vides. Les marbres laissés par d'Orsay ont de la pensée. Ajoutez à ce talent de sculpteur qu'il avait bien failli être un écrivain, et qu'à vingt-trois ans il avait mérité cette fameuse lettre de Byron à Alfred D… qu'on trouve dans ces fameux Mémoires où la lâcheté de Moore a remplacé les noms par des astérisques et les anecdotes piquantes par des points… (Aimable homme que ce Moore !) Quoique fat, d'Orsay fut aimé par les femmes les plus fates de son temps. On ne parle pas des naturelles : il n'y en a jamais que deux ou trois dans un siècle ; à quoi bon en parler ? Il a même inspiré une passion qui dura et qui restera historique. Les dandys, eux, ne sont aimés que par spasmes. Les femmes, qui les détestent, ne s'en donnent pas moins très bien à eux, et ils ont cette sensation qui vaut pour eux beaucoup de livres sterling, de presser des haines dans leurs bras… Quant à ce duel charmant de d'Orsay, jetant son assiette à la tête de l'officier qui parlait mal de la Sainte Vierge et se battant pour elle, parce qu'elle était femme et qu'il ne voulait pas qu'on manquât de respect à une femme devant lui, quoi de moins dandy et de plus français ?...

29.   Voici l'histoire : Brummell aurait un soir, à souper, et pour gagner le plus irrespectueux pari, donné cet ordre au prince de Galles : « George, sonnez ! » en lui montrant la sonnette. Le prince, qui eût obéi, aurait dit au domestique qui entré, en lui désignant Brummell : « Menez à son lit cet ivrogne. »

30.   L'influence et même la plaisanterie de Brummell furent pour beaucoup dans l'éloignement du prince de Galles pour Caroline de Brunswick. On sait que cette fameuse première nuit de noces, passée par le prince sur un tapis au coin du feu, pendant que sa jeune femme l'attendait sous les plumes d'autruche du nid nuptial, avait été précédée d'un

souper avec les dandys. Ces hommes positifs n'aimaient pas le vaporeux sentimentalisme qui se matérialisa un peu depuis, mais qu'apportait alors Caroline dans ses bagages d'Allemande ; et d'ailleurs elle était la femme légitime dans le pays du bonheur conjugal officiel et des verseuses de thé ! Or le dandysme, qui aime l'imprévu et déteste la pédanterie des vertus domestiques, doit mieux aimer tous les malheurs par les maîtresses, que l'imperturbable bonheur public de lord et de lady Grey, par exemple, si vanté par Mme de Staël. Les dandys, qui coudoient ces bonheurs légaux en Angleterre, n'ont pas et ne peuvent pas avoir les opinions de Mme de Staël, qui ne les rencontrait guère dans les salons de Paris. Ce qui fait la poésie, c'est la distance, et il faut bien que l'imagination ait toujours sa chimère à caresser ; mais quand la femme qui se peignit dans Corinne, qui aima D…, qui aima C…, qui aima T…, caresse celle-là, elle est moins dans la vérité du cœur et de l'imagination que les dandys, et elle ravale Mme de Staël jusqu'à n'être plus que la fille de Mme Necker.

31. Qui le faisait croire invulnérable serait peut-être mieux dit. Mais le beau soupir de Cléopâtre dans Shakespeare : « Ah ! si tu savais quel travail c'est de porter cette nonchalance aussi près du cœur que je la porte ! » est étouffé dans la poitrine des dandys. Ces stoïciens de boudoir boivent dans leur masque leur sang qui coule, et restent masqués. Paraître, c'est être pour les dandys, comme pour les femmes.

32. Ces qualités ont toujours entraîné ceux qui les eurent. Voyez, par exemple, Henri IV, le duc d'Orléans (le Régent), Mirabeau, etc., etc. Henri IV ne les avait qu'un peu, il est vrai ; mais le Régent les avait beaucoup, et Mirabeau énormément. Mirabeau mettait de fierté à secouer la fange que le duc d'Orléans de gaieté et de grâce à en secouer les souillures. N'a-t-on pas vu celui-ci spiritualiser des coups de pied au derrière ?... et de quel pied ?... du pied de bouc de Dubois. Plus coupables en cela, ces profanateurs de facultés adorables que Brummell ; car ils n'avaient pas comme lui, en face d'eux, une société puritaine ; ce qui explique tous les excès et justifie de bien des torts.

33. Système physiologique anglais. Le courage moral se détermine comme le courage physique. Les Anglais sont de mauvais soldats s'ils sont mal nourris. La gloire de Wellington est d'avoir toujours été un excellent fournisseur.

34. On sait la plaisanterie de Scrope Davies, à laquelle Byron fit l'honneur d'un écho dans un des ses poèmes : « Comme Napoléon en Russie, Brummell, apprenant le français, fut vaincu par les éléments. »

Notes

C'est trop que cela, mais c'est une plaisanterie. Il resta, il est vrai, incorrect et Anglais dans notre langue, comme toutes ces bouches accoutumées à mâcher le caillou saxon et à parler au bord des mers ; mais sa manière de dire, corrigée par l'aristocratie, sinon par la propriété des mots, et ses manières de gentleman irréprochable, donnaient à ce qu'il disait une distinction étrange et étrangère, une originalité sérieuse, quoique piquante, et qui n'existait pas à ses dépens.

35. Les dandys ne brisent jamais complètement en eux le puritanisme originel. Leur grâce, si grande qu'elle soit, n'a point le dénoué de celle de Richelieu ; elle ne va jamais jusqu'à l'oubli de toute réserve. « À Londres, quand on est prévenant, dit le prince de Ligne, on passe pour étranger. »

36. On parle plusieurs langues, mais on ne cause que dans une seule. Paris, même pour Brummell, n'aurait pas remplacé Londres. D'ailleurs, Paris n'est pas plus la ville de la causerie que toute autre ville maintenant. La conversation y est à peu près nulle, et Mme de Staël n'aimerait plus guère son ruisseau de la rue du Bac. À Paris, on pense trop à l'argent qu'on n'a pas, et l'on se croit trop l'égal de tout le monde pour bien causer. On ne jette pas plus l'esprit par les fenêtres qu'autre chose. À Londres, les intérêts d'une fortune à faire agitent et dominent beaucoup d'esprit ; mais, à une certaine hauteur, on trouve une société qui peut penser à mieux que cela. Puis il y a des rangs, un classement (bon ou mauvais, ce n'est pas la question ici), et voilà ce qui fait mousser l'esprit en le comprimant. Dans une pareille société, il faut tant de finesse pour être impertinent et tant de grâce pour que les politesses donnent du plaisir ! Or les difficultés créent les héros. Mais, à Paris, c'est trop facile que la vie de salon ; c'est entrer et sortir. Les écrivains, les artistes, qui devraient ranimer les sensations dans les autres et du moins avoir toujours sur leur esprit la limaille d'or de leurs travaux, sont dans le monde aussi éteints que les gens médiocres. Fatigués de penser ou de faire semblant toute la journée, ils y viennent le soir se délasser à écouter la musique qui les fait rêver comme des fakirs, ou à prendre du thé comme des Chinois. Je ne connais qu'une exception... Brummell vint à Paris ; mais il n'y resta pas. Qu'y eût-il fait ? Il n'avait plus le luxe qui l'aurait rendu charmant, eût-il été bête et laid autant que le prince T... Il n'avait que des manières dont le sens se perd de plus en plus tous les jours. On n'eût rien compris au passé d'un pareil homme : triste impression pour lui, et, pour les autres, triste spectacle ! Mme Guiccioli en a donné un pareil, et pourtant c'était une femme, et quand il s'agit

d'une femme, il y a toujours du sexe et des nerfs dans nos opinions.

37.	Ce sentiment est singulier. L'amitié n'existe pas entre les femmes (pourquoi la vérité n'est-elle pas toujours originale ?), et un dandy est femme par certains côtés. Quand il ne l'est plus, il est pire qu'une femme pour les femmes ; c'est un de ces monstres chez qui la tête est au-dessus du cœur. Même en amitié, c'est détestable. Il y a dans le dandysme quelque chose de froid, de sobre, de railleur et, quoique contenu, d'instantanément mobile, qui doit choquer immensément ces dramatiques machines à larmes pour qui les attendrissements sont encore plus que la tendresse. Dans l'extrême jeunesse, par exemple, l'odieux puritanisme les choque moins. Les jeunes hommes très graves plaisent aux très jeunes personnes. Dupes d'une pose et bien souvent d'un embarras qui se guinde pour n'être pas aperçu, elles rêvent la profondeur devant le vide. Avec un dandy, devant la légèreté de l'esprit, elle rêvent cette autre légèreté dont les mères parlent, en pinçant le bec, devant leurs filles. Malgré cela pourtant - et peut-être à cause de cela, car elles ne dominent pas qui les domine -, elles ne peuvent très bien aimer d'amour un insupportable dandy ; et, en général, qui ne peut-on aimer d'amour dans la vie ? Mais il ne s'agit ici que d'amitié, c'est-à-dire encore plus d'un choix que d'une sympathie.

38.	On pense involontairement aux vers divins (dans le Sardanapale) :

If………..

……. thou feel'st an inward shrinking from

This leap through flame into the future, say it :

I shall not love thee less; nay, perhaps more,

For, yielding to thy nature…

« Si tu ne peux sans froide horreur songer à te lancer dans l'avenir à travers ces flammes, dis-le : Je ne t'en aimerai pas moins, oh ! non, et peut-être t'en aimerai-je davantage, pour avoir cédé à ta nature. »

39.	L'impossibilité dédaigneuse serait plus juste.

40.	Il lui fallait des hommes à séduire, et on lui donna des affaires à régler. Si le caprice, si le bonheur fou de la moitié de sa vie ne l'avaient pas rendu impropre à tout ce qui est fonction et devoirs publics, il y avait peut-être en lui des facultés de diplomate que l'on pouvait utiliser. On dit peut-être ; on n'appuie pas. Lord Palmerston a trop montré ce que le dandysme peut devenir en politique, lorsqu'il est seul. Henri de Marsay

Notes

est une bien tentante fantaisie ; mais c'est une destinée faite par un poète. On ne dit pas qu'il soit impossible ; mais c'est le moins possible des héros de roman.

41.	Cessa-t-il même de l'être jamais ?... Un jour, un Vénitien qui se contentait d'être alors le Casanova de la musique et qui en est devenu le Gustave Planche - M. P. Scudo, présentement de la Revue des Deux Mondes - donnait à Caen un de ses concerts dans lesquels, comme mime et comme musicien, il dépensait un esprit à camper le tétanos aux imbéciles, si les imbéciles étaient nerveux. Il voulut avoir à sa soirée le dandy exilé qui était encore une puissance rue Guillebert. L'ayant rencontré chez un ami, il l'invité, et tirant de sa poche son paquet de billets (à peu près trois cents), il l'ouvrit comme un jeu de cartes pour lui en offrir quelques-uns, quand souverainement, et avec la simplicité d'un dandy à qui le monde appartient, Brummell les prit tous d'un seul geste ! « Il ne les paya jamais, dit M. Scudo, mais cela fut admirablement exécuté, et j'eus, pour mon argent, une idée de plus sur l'Angleterre. »

C'est à peu de temps de là que Brummell devint fou, et comme le dandysme, plus fort que sa raison, avait pénétré l'homme tout entier, sa folie se timbra de dandysme. Il eut la rage de l'élégance du désespoir. Il n'ôtait plus son chapeau dans la rue quand on le saluait, de peur de déranger sa perruque, et il rendait le salut de la main comme Charles X. Il vivait à l'Hôtel d'Angleterre. À certains jours, et au grand étonnement des gens de l'hôtel, il ordonnait qu'on lui préparât son appartement comme pour une fête. Lustres, candélabres, bougies, fleurs en masse, rien n'y manquait, et lui, sous le feu de toutes ces lumières, dans la grande tenue de sa jeunesse, avec l'habit bleu Whig à boutons d'or, le gilet de piqué et le pantalon noir, collant comme les chausses du XVIe siècle, se tenant au centre, il attendait... Il attendait l'Angleterre morte ! Tout à coup, et comme s'il se fût dédoublé, il annonçait, à pleine voix, le prince de Galles, puis lady Connyngham, puis lord Yarmouth, et enfin tous ces hauts personnages d'Angleterre dont il avait été la loi vivante, et croyant les voir apparaître à mesure qu'il les appelait, et changeant de voix, il allait les recevoir à la porte, ouverte à deux battants, de ce salon vide, par laquelle ne devait, hélas ! passer personne ce soir-là, ni les autres soirs, et il les saluait, ces chimères de sa pensée ; il offrait le bras aux femmes, parmi tous ces fantômes qu'il venait d'évoquer et qui, certes ! pour revenir à ce raout du dandy déchu, n'auraient pas voulu quitter, un seul instant, leurs tombes. Cela durait longtemps... Enfin, quand tout était plein de ces fantômes ; quand tout ce monde de l'autre monde était arrivé, voilà que la raison arrivait aussi et que le malheureux s'apercevait de son illusion et de sa démence ! Et c'est alors qu'il tombait accablé dans un de ces fauteuils solitaires et qu'on l'y surprenait, fondant en pleurs !

Mais, au Bon-Sauveur, ses folies furent moins touchantes. Le mal empira et prit un caractère de dégradation qui sembla une revanche de l'élégance de sa vie. Impossible de rien raconter… Affreuse ironie du terrible Railleur, caché au fond des choses, qui finit par avoir son tour dans la vie légère de ceux qui ont le plus raillé ! Le pavillon du Bon-Sauveur fit payer à Brummell le pavillon de Brighton. Il aura passé entre ces deux pavillons.

42.   M. Jesse, que désormais il faudra toujours nommer quand il s'agit de Brummell, a cité dans son livre des vers du célèbre dandy. Brummell les avait écrits sur un très bel album où Sheridan, Byron, Erskine même, avaient écrit les leurs. Ce ne sont point des vers d'album, quelques lignes tracées à la hâte, mais des pièces assez étendues et d'un certain souffle d'inspiration.

43.   Bulwer, dans Pelham.

44.   Comme cette miss Cornel, par exemple, cette actrice que Stendhal a tant vantée. Mais, pour s'apercevoir de la grandeur simple de cette âme, rare comme un diamant noir à Londres, il fallait Stendhal, c'est-à-dire un homme spirituellement positif jusqu'au machiavélisme, mais qui aimait le naturel comme certains empereurs aimaient l'impossible.

45.   À laquelle manque l'instinct des beaux-arts, car il lui manque. Les noms de Lawrence, de Rommey, de Reynolds et de quelques autres n'éclairent que mieux cette indigence. Le peuple romain n'était pas artiste parce qu'il avait des joueurs de flûte. L'art n'existe que littérairement en Angleterre, Michel-Ange c'est Shakespeare. Comme tout est singulier dans ce pays original, le meilleur sculpteur qu'il ait produit était une femme, lady Hamilton, digne d'être Italienne, et qui sculptait, par la pose, dans le marbre du plus beau corps qui ait jamais palpité. Statuaire étrange qui était aussi la statue, et dont les chefs-d'œuvre sont morts avec elle ; gloire viagère qui n'a pas plus duré que les frémissements de la vie et l'ardente émotion de quelques jours ! C'est encore une page à écrire ; mais où prendre la plume de Diderot pour la tracer ?

46.   Cette absence d'écrivains n'est pas complète, puisqu'il y a Th. Carlyle ; mais quel dommage qu'il préfère souvent le sédatif éther du

spiritualisme allemand à ce caviar aiguisé et aimé des Anglais, qui donne des sensations si nettes !

ISBN : 978-3-98881-621-4

Milton Keynes UK
Ingram Content Group UK Ltd.
UKHW010829141223
434360UK00004B/254